リュウキュウの少年

龍潭のほとりにて

南城秀夫

第一部

第二部

イラスト　佐久本伸光

首里当時地図

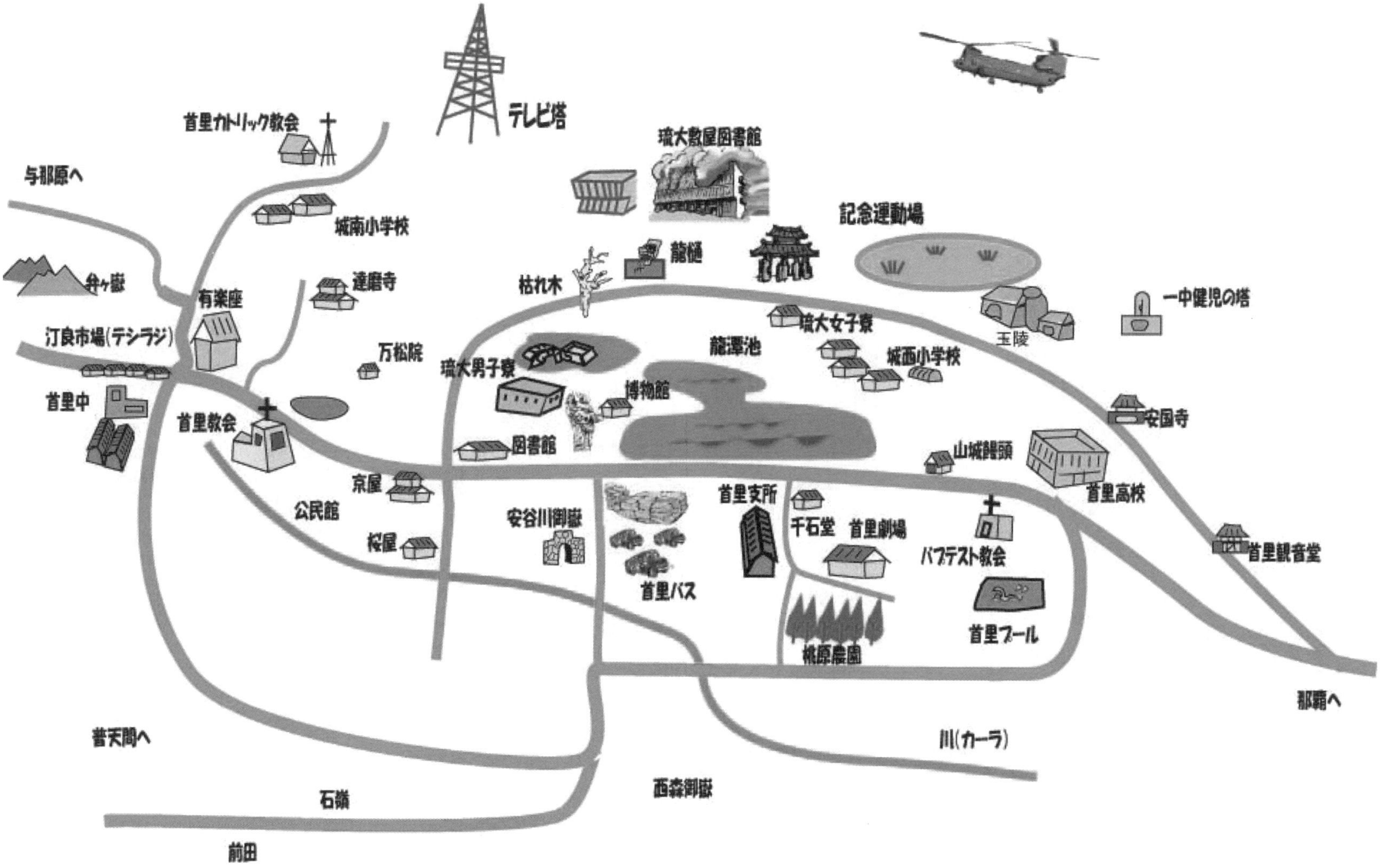

首里カトリック教会
テレビ塔
琉大敷屋図書館
与那原へ
城南小学校
記念運動場
龍樋
弁ヶ嶽
達磨寺
枯れ木
有楽座
一中健児の塔
琉大女子寮
汀良市場(テシラジ)
龍潭池
玉陵
万松院
城西小学校
琉大男子寮
博物館
首里中
安国寺
首里教会
図書館
山城饅頭
京屋
首里高校
公民館
首里支所
安谷川御嶽
千石堂
首里劇場
桜屋
バプテスト教会
首里観音堂
首里バス
首里プール
桃原農園
那覇へ
普天間へ
川(カーラ)
石嶺
西森御嶽
前田

第一部

首里の町

静かに眼を開けると暗闇の窓の外に、ひとかたまりの灯火が光っていた。決して強くはないそれらの家屋の明かりはバスの振動に揺れ動き、微妙に明滅していた。

長く暗いトンネルを通ってきたように思う。眠りから覚めると、越し方はすべて払拭され、眼前にあるのは旧式の乗合バスの中と、外には濃紺から黒地に除々に移行する、空と丘陵の見境のつかない遠景の灯火のみであったが、弱い電灯におぼろに照らし出された車内は夥しい粉雪に満たされたように銀色に輝き、私の小さな柔らかい体は深く母親に抱かれて、この上ない幸福感に包まれていた。

「起きたようだね」と父親が言った。

「もう少しで与那原だ。首里に着くのは九時を回るね」

生まれたばかりの私を見せに南部の漁港、糸満の親戚を訪ねた帰りであったのだろうか。母親の優しさと父親の強さに守られて、現世に生を享けた喜びを一杯にした私は、再び心地よい眠りに落ちた。

私は琉球の古都、首里の町に生まれた。

首里の町は人口、五万人ほどの中規模の町。那覇市の東の高台にある。野牛の背のような荒々しい丘陵の多い沖縄でも、とりわけ居丈高に迫上がって、夏はより一層の太陽に、冬はより一層の北風に晒されている。静かな、しかし頑固な丘。太陽や北風どころか無数の砲撃に晒されて、その硬い白肌を剥き出しにされても文化という水脈を枯らさずにその内部に保ってきた丘。石畳をアスファルトに衣替えしても、破壊された首里城の跡に新しい文化の象徴である琉球大学が建っても、現代に屈服しようとしないで遥かニライカナイの海を凝視する丘。龍樋の口からは石灰孔に篭められた雨水が飛沫を上げて溢れ出し、円鑑池や龍潭に絶え間なく注がれていた。

私の父は今次大戦中、沖縄戦の予想が色濃くなったとき、数百名の学童を熊本に疎開引率した歴史の教師だった。戦後は教職を辞して県教育関連の要職に就いていた。

皮肉なことだが、首里のインテリゲンチャはいち早く大和化したがゆえに、父の時代には琉球文化はむしろ首里以外の地方生活の中に色濃く残っていた。父は日本の歴史をこよなく愛し、自分の信ずる日本人の美徳を体現しようとしていた。私は父を思うたびに、近代日本の衣装を脱いだ父の魂が果たして琉球人という固有の人種であったのか、それともやはり中世日本人の遺伝子を持っていたのか分からなくなる。黒ぶちの目がねをかけ、広い額を突き出して、入れ歯を出し入れしながら考え事をしていた父は、講演会などではよく話をし、人望の厚い人でいつも来客があった。頑固な明治生まれというのでもなく、沖縄で初めて社交ダンス講習所を経営したりするダンディなところもあった。

戦後生まれの私たちの感性は当然、混沌としていた。友人の家では話されるウチナー口も家では話されず、よって「上等な家庭」とされ、友人が限定されていたのはいいとしても、後にウチナーンチュ全体を襲うアイデンティティの不透明さは他の地域に先んじていた。

時はあたかもリュウキュウ政府時代で、擬似日本、擬似琉球の空には嵐の後の安堵した雲がゆったりと流れていた。

大正生まれでバレエを始めた母に至っては何人かわからないほどだった。当時流行った原節子風のサイドに膨らんだパーマをかけて背筋を伸ばした母は、ブロマイドの女優さんと比べても遜色がなかった。舞踊の研究所を持っていて、踊りの魂が母を魅して止まなかった。「踊るばか」という本が母の書棚に並んでいたが、夜中、傍らに寝ている母の手がツト伸びて、怪しく揺れ動くのを私は恐怖に目を見開いて、やめるように泣いて訴えたものだった。母は挙句の果てに、憑かれたように起きだして、隣の稽古場に行き、バレエ音をかけて体を揺らめかすのだった。置いてきぼりにされた私は恐怖と寂しさに耐えかねて泣きじゃくった。

チャイコフスキーの優雅なバレエ曲が、妖しいアラビアの暗い音色が、母に去られたせつなさをいや増しにした。

私は建築中だった母屋の隣りの、その舞踊の稽古場で生まれたのだった。母に抱かれ、建築中の母屋で大工さんのせわしく動く姿を見ていたと言う話をしても誰も信用してくれない。五人兄弟の末っ子で、兄と三人の姉がいた。終戦五年後とはいえ、近所にはまだテントで生活している人々が大勢いたから、恵まれていたのだろう。たくさんの人たちが祝いに来てくれたと云う。

そして幼年時の環境はといえば、当時には贅沢なオルガンの行列。発表会に使うベニヤ板で作られた木や森や山やお城の舞台道具、華麗なバレエ曲にたそがれを想わせる異郷の民族音楽。板張りの開けっぴろげの空間に窓際から伸びて、幾つもの中柱に連なる丸いバー。そして踊る妖精たち。

年端もいかぬ少女たちに可愛い、可愛いと抱かれて、あるいは少女たちをその頃にしては運動場のように広く感じた、燦々と日降りしきる空間の中で、キャッキャはしゃいで追いかけて、三つか四つの頃にはすでに美神の、胸がキュッとなるような甘酸っぱさに酔っていた。白い布をまとった少女たちの笑顔と躍動が、他の物象と比較にならぬほど、まさに現実世界の具象として、私を魅惑するのだった。

幼年期に与えられた愛情の質が、その人の対他、対世界意識を生涯に渡って支配しつづけるとする見解はつとに一般的である。例えば、完全に親の保護を必要とする時期にないがしろにされた子供は、外界に対して不安を抱き、心理的なテンションが強くなり、感情移入を基礎とする他人への思いやりなどの自然な愛情の発露が難しいと云われるが、その点、私の反省は概して周りの継続的な友情や愛情に恵まれていて、後からひがみ根性や、奇妙な世界認識の罠にはまって孤独癖が増したことがあっても、実り多い、豊かな愛情生活に戻れるのは当然のことと信じられていた。

幼児の親に対する愛はスキンシップである。私は母親にイソギンチャクのようにくっ付いて、乳離れが遅かった。母親は後になって、私に乳をすべて吸い取られて乳房がうすっぺらになったと文句を言うのだった。

川の字になって、両親に挟まれて寝ていながら、揶揄されて訊かれるのだった。

「お父さんとお母さんのどっちが好き?」

質問は父親からなされるのだったが、母親も面白がった。私は返答に困った。母の方が無論好きだったのだが、それを言うのははばかられた。私は二人とも幸福にしなければならなかった。

「どっちも好き」と答えるのだった。

私は早くから他人の心をおもんばかることを知った。

四歳くらいになると、余裕を持った眼で、母を見ることができた。

二十五坪ほどの長方形の木造の稽古場の左右にはバーが二列に走っていた。バーの右側は庭に面した廊下で、母屋と接しているバーの左側は倉庫であり、いくつかのオルガンのほか、太鼓やシンバルやバイオリンや舞台の大道具、小道具に混じって、鈍い光沢を放つ黒いミシンが置いてあった。

夜、私は裸電球に照らされた稽古場の奥の一画で、母がミシンを使って子供の服のほころびやら衣装の縫い物をする光景に見とれていた。辺りの闇が、裸電球に照らされた寝巻き姿の母をひとしお鮮やかに浮かび上がらせていた。大振りな母の目鼻は一点に集中し、まっすぐな背中を少し前に倒して、両手で布を押さえ、細かいピッチで上下するミシンの針に沿って滑らせていた。両足は針に動力を送るべく、せわしく踏み台をカシャカシャ踏んでいた。

無心に布を縫い合わせる母を、私は舞台に使うアラビアの絨毯のような紫のビロード幕が畳まれている上に横になって、熱心に眺めていた。すると、何でもない、この日常の生活のうちに母の姿がむしょうに愛しいものに感じられた。

おおよそ女性の人生がそこに感知された。自分の世界と自分以外の者の世界とを相携える幸福と奉仕の喜びは、決して疲れの色や表情の陰りがあったわけでもないのに、なぜか悲劇的な色合いを帯びていた。

切ない憐憫の情がこの女性に対して溢れた。

「お母さん、かわいそうね」と私は言った。

「何を言っている。この子は」

母は笑った。

当蔵大通り

　玄関を開けると、坪庭の真ん前に軽石に乗っかった奇妙な生物が私を凝視していた。毛むじゃらの、暗黒色の長い胴体を持ち上げている姿は毛虫の親玉のようで、頭上には人を威嚇する南の島の酋長のそれに似たカンムリが生えて、おいで、おいでと私を招くのだった。波状のカンムリが開くちょっと下の部分に一層、黒々と表皮がしわ寄せているのは繊細な小さな眼を防御するために違いなかった。何か動物の一種が神様に怒られて足をもぎ取られているのではないのだろうか。恐る恐る招きに応じた私を鋭い針の手で迎えるこの植物は蘇鉄であった。

　門を出ると、隣り近所の人たちが集まる、石積みの掘り抜き井戸があった。当初、私たちの顔を深いところで映した井戸は、やがてポンプが導入されて、表面を完全に覆われて窺い見ることが出来なくなってしまった。夏の暑い日など、大きい子供たちが集まって、またたく間に錆びてしまった鉄のポンプをギーコギーコ漕いで、しばらく間を置いて噴出する水を掛け合って楽しんでいた。水は止めどもなく湧き出た。祝福された場所に住んでいたのである。

両隣の家に挟まれた路地を出ると、城下の中心であった当蔵大通りだった。石灰岩を砕いて敷き詰めた道は広く、多少の凹凸はあるけれど白く輝いていた。通りは西から東に向かって緩やかに上っていった。今となっては、近隣ニュータウンに押された、一つの通りに過ぎないが、戦前戦後を通じて首里の一大商店街だった。向かいにはタンナフクルー（黒糖を使った揚げ菓子）やクロ飴を置いた駄菓子屋、散髪屋、日常品を扱う雑貨屋、時計店、靴屋、木材所、こちら側には薬局、木工所、畳店、そして道を隔てた二丁目の辺りには米屋や八百屋から琉球菓子店や高級料亭まで並んでいる。警察や図書館さえあった。

祭りの日にはちょうちんが通りにぶら下がって、賑わいを見せる。なぜか私は料亭の二階の欄干に身を寄せて茫漠と輝く通りを興奮して見下ろしている。通りのわき道を下った所にある公民館では、特別設置された舞台でリズミカルな太鼓の音が鳴っていた。裸電球の下では麗人が輝いていた。白い化粧と深い目は女性のようでありながら、片かしらに白鉢巻の下には凛々しい眉があった。黒紋服を白黒脚絆にたくし込み、下半身は安定しながら白足袋が宙に舞い、両手は扇のように開き、また閉じた。時には力の入った突きが見えない障害物に当たった。瞬時に止まるその動きに、何を突いたのかと私は目を見張るのだった。それは薩摩から渡った口説に合わせた二才踊りだった。童謡に合わせたお遊戯や、なだらかな調べに乗るおおらかなバレエとは異質な、闇からおぼろげに裸電球に照らされて浮かび上がる、懐かしい生活様式と忍びに忍ばれた鋭気を凝縮した動きだった。

太陽が昇ってくる東の、当蔵大通りの遠くには、病院と隣り合わせた首里教会の灰色の尖塔が、首里の町を守護して空に向かって突き出ていた。首里教会は米軍の猛火を浴びて、骸骨になったのが立て直された。残骸の周りを跳梁する米兵の姿を大人になって写真で見た。母に手を引かれて、そこをさらに上がっていくと、ティシラジと呼ばれる汀良町の雑多な市場に出た.

夕日の下る西側には小道を隔てて、中城御殿のずっしりとした悠久の石垣が、石の合間に草花の咲く余地も残さずびっしりと積まれていたが、滑らかなその表面はにきびのような弾丸に削られていた。その中央は強い力によって破壊され、穴が大きく開いて、さまざまな形の岩が露出し、私たちが石垣によじ登るのを容易にしていた。

御殿とは名ばかりで、中城御殿敷地の奥にはカラスの群れが舞い降りたような、難民の黒いテント群が不気味にうずくまっていた。その手前の広場では、タール混じりのテントと同じ素材で、あるいは毛布を束ねて作ったグローブやら棍棒やらで、活発な兄たちが野球をしていた。

中城御殿敷地の一段上がった西奥にはどこから転がってきたのか、イースター島の巨顔のような、蔦の絡まる巨大な岩石が、あたりに君臨していた。ウーマクーだった兄たちは帽子の鍔を逆にして、蔦を手繰って岩の上に登り、うらやましそうに見ている私たちに手を振るのだった。帽子をひしゃげて腕を組み、風に飛ばされまいと大股にしっかかと踏ん張って、西日を浴びて赤く染まる兄の姿は大したものだった。

琉球王が船を浮かべて貴賓を接待したという、向かいの龍潭に下る急斜面では火の玉が鎮まって木化したかのようなデイゴの鋭い枝がガジュマルの蔦が絡まるのをけん制していた。角では老いた肌の赤木が通りに枝を突き出して、晴れた日、雨の日、台風の日に、枝葉に宿す光の強弱と湿乾と葉の数量によりその表情を変え、南国の微妙な四季の訪れを示していた。

台風の日には父も母も兄弟も皆、一緒になって暗いロウソクの灯りの下、家で過ごす。戸板が風に打ちつけられてバンバン鳴るたびに私はうわーっと歓声を上げ、激変する環境に嬉しさを耐え切れずにキャッキャそこら中を跳びまわる。雨漏りがして父や兄が屋根に上がる。残された家族は男たちの無事を祈る。もっと風がひどくなると、隣り近所の人たちが私たちの稽古場に避難してくる。すると子供たちが集まって、闇の中で大運動会が始まる。親にたしなめられて毛布に潜り込んでも、狂おしい興奮が去らずに身悶えするのだった。

濃緑の水を湛えた龍潭に面した、二階建ての印刷所の脇の小道を行くと、貴人の居住するかと思われた平屋造りで、くすんだ赤瓦が鼻梁を跳ねた、首里博物館があった。

めったに開閉しない正面玄関を中央に擁した本館は芝庭の奥深く鎮まり、脇殿が本館の右から張り出して出入り口を任されていた。その前には、昔、首里城正殿の護衛に当たった、砂岩を彫った龍頭が、私たちが跨って目隠ししても意に介さず、灰色の眼球をしっかと凝らして、私の時代には強国に押されて滅んでしまった、ゆかしい文化の最後の砦を死守して鎮座していた。

中庭は雨季を除いて黄ばんだ芝生に被われ、本館の後ろは深い草が揺れていて、滑らかに城壁をかたどった納骨の四角い壺や丸い壺が幾つも置かれていた。私たちはそれが何であるのか知らないで、つるつるとした、冷ややかな表面に刻まれた窓や門の線の感触を楽しみながら、壺々の間で隠れん坊をして楽しんだ。時には深い草のベッドにあお向けになって入道雲のそびえる夏の空を仰ぎながらうたた寝た。風が納骨壺に冷やされて私の頬を撫でた。

周囲の小高い土手に茂る雑木林のおちこちで、蝉がさんざ鳴いていた。

土手の上は琉球大学の男子寮で、博物館の脇の階段を上り下りする大学生とよく挨拶を交わした。時には貸家に居住する大学生のお兄さんに手を引かれて、大学食堂で定食をご馳走になるのだった。

溺死する事件が相次いだため、土手を下りて龍潭に近づくのは家人から禁じられていた。

カマースーも溺死した一人だった。カマースーは近くの小屋に住む、曲げを結った頭のおかしい男で、着物の裾を帯にひっかけて蟹股を露出して、ひょこひょこ歩いていた。女の子が好きで、きゃあきゃあ逃げる女の子を追っかけたりした。

印刷所のおじいさんがカマースーを可愛がって下男にし、仕事を与えていた。カマースーはおじいさんがいつも新聞を読んでいる開け放った縁側の下でにこにこして何かを食べていた。そのカマースーが泥酔し、足を滑らせて龍潭に落ちた。

「カマースーがうちとーんどー（落ちているよ）」

兄たちは見に行ったが、僕は行かせられなかった。不思議にカマースーの姿が巨大な昆虫になり、その茶褐色の甲羅が淀んだ緑の水面に鈍い光を反射しながら漂っているのが想像された。

夢想の時代

外界の情報が断片的にせよ、あるていど収納されると、それが縦横無尽に活用されて、幼児の夢想癖がつのる。そこらへんに転がっている縫いぐるみの人形に精を吹きかけてトコトコ歩かすことなぞお手のものだった。自由にアクション出来て、どこにでも住めた。幼児の夢想は風船のように膨らみ、日常の物理世界と仲良く同居し、創造の満足による笑顔は生活の常となり、何の努力もなく、現実世界で心身ともの糧を得て、身は羽根のように軽く、心は広大な飛翔を満喫していた。

生きたい人生、好きな人生はたちまち成就されて、面白くてしょうがなかった。その世界は目を輝かすような花々に満ち、もともと現実世界のようなくっきりとした境界線はなかったから、その花々が小さく小さくなって、まるでミロの印象画のように事物を象っていた。そのようにぼやけた世界の中に木があり、庭園があり、動物たちがいて、きれいな人々がいて、それにしばらくすると大空や、山や、谷や河の冒険が加わって、それらの醸す豊饒な幸福が私の表情に出て、一家団欒の笑いに寄与していた。今でも夢想の喜びを包む、家庭の温もりはそのまま、お休みなさいと言って潜り込む、幸せ一杯の布団の温もりとして記憶される。

この誰でもが通過する、幼児期の夢想の時代は、私に生命の不思議さを示唆する。なぜなら、現実の感覚世界はもちろん、夢想の世界に情報を送っていたが、それにしても、幼児の世界は独自に展開していたからだ。現実から何らかのヒントを得たとして、それはその情報の一片を二倍にし、三倍にし、さらにそこから他のイメージに橋をかけた。

現実的な夢想でいかにも外界から受けた情報の最たるものは、住居であった。

押し入れが好きだった。なぜ押し入れが好きかというと、奥の戸板をはずすと秘密の階段があって、ずっと辿っていくと自分の故郷に帰れるからだ。おそらく夢で見たに違いない。きっと押し入れの中に入って寝込んだ際の夢であろう。

「僕、お家に帰るよ」と言い張って、家族を失笑させていた。これこれ、こういう家で、野を越え、坂を下ったところにあると。これは実際にある家で、たまたま近所を通ったときに気に入ったに相違なかった。当時のアメリカ風の住宅で、簡素なモルタル式の白い、小さな家であったが、米国二世と結婚した近所の娘さんの家で、ハイカラな感じがしたのだろう。その家は空想の中で、たちまち二階建てになり、垣間見られた内部の、台所であったのか、ピカピカ光るタイルのフロアは広がって、家そのものは草原のなびく丘の上に移転した。

あるいはまた、何かの機会にお呼ばれした、首里書房の向かいの、隆々とした瓦屋根で、見上げると天守閣のような家に驚嘆して、新木の香りのする階段をやたら上ったり下りたり、廊下を行ったり来たりしたが、その家も夢の中で限りなく居間々々が展開し、容積を増して小城のようになった。

後になって、一人暮らしのアパートを転々とするようになってからも、住居に関する夢は深い眠りの合間に出てきて、その様はその時の生活状況とそれに伴う心境とを反映するようだった。おおよそ両極端に別れていて、時代空間を超えた巨大な屋敷であったり、あるいは漂流して辿り着いた海岸に建てた、雨風の打ち込む粗末な仮小屋であるかのどちらかが多かった。

しかし私たちを風雨から守る住居のテーマは、後年わだかまりを生んだ一つの夢によって示唆されるのだった。炎が上がり、家が焼けた。私たち兄弟姉妹は母に連れられ、中城御殿の崩れ落ちた石垣を越えて、築山の下に掘られた洞窟に忍び込んだ。たいまつの群れが後を追いかけてくる。それは内弟子たちの反乱だった。私たちは草木に視界を遮られた穴の中で息を潜めた。居心地のよいかまくらのようでもあり、水滴が垂れ、土に塗れた草が肌を切る不快な爬虫類の巣のようでもある窪みが、押し入れに次ぐ隠れ家の初期の記憶となった。

このように現実と夢とを混同して生きていた私であるが、六、七歳の年頃はそれが笑って許される稀有な時代である。

それでもあるとき、あまりに夢の現実性を主張するので母の叱責を買い、自分の認識力に自信をなくし、ひどく迷って反省を促されたことがある。

大晦日の晩だった。いつも九時前には床につかねばならないのに、その日は夜遅くまで電気の光が灯り、なかなか寝る時間が訪れなかった。母は奉公に来ていた初枝姉さんとともに、新年を迎えるべく忙しく、台所で立ち回っていた。白い豆や、黒い豆が大きなお釜の中で、ぐずぐず煮えていた。ちょっとした振動でゆたゆたする赤いジェリー状の寒天が、アルミの容器にきれいに列をなして、水で冷やされているのを指先でつっついては母に叱られた。生姜焼きされた豚肉やゴボウが海苔巻されて、かんぴょうで括られた。つまみ食いのおねだりをしても与えられず、明日になるのが待ち遠しく思われた。深夜に渡る母たちの料理作りの光景に目を奪われて、私は興奮して眠れずに、台所の側の三畳間に陣取っていた。

夜も更けていた。と、隣室で寝ていた兄が、眠けまなこで、着物をはだけて起きてきて、廊下を横切り、隣りの稽古場と向き合う窓を開けた。稽古場の屋根はだいぶ低かったから、ひさしに手を掛けて、ひょいと登ると、屋根の端の鬼瓦の上まで器用に歩いてきて、そこでやおら股間を開いて小水を放った。

　月の光が煌々としていたから、兄の姿が黒い小便小僧のシルエットになって、放出された小水がキラキラ輝きながら、大きな弧を描いて地上に落下するのを、開け放たれた台所の出口から、私は驚嘆のまなざしで見入っていた。兄は小水をし終えると、トコトコ屋根から降りて来て、何事もなかったかのように、再び床に潜り込んで寝入った。私もいつしか寝入ってしまった。

　元旦の太陽が燦々と寝床に入ってきた。いつのまにか私は寝床に移されていた。顔を洗うと、着物に紋付羽織を着て、床の間を背にして座っている父に、新年の挨拶をし、次に家族の者と挨拶を交わして共の食卓に就いた。ご馳走をいただきながら、皆に昨夜の話をした。

「きのうね、おにいちゃんがね、おけいこばの上にのぼっておしっこしよったよ」

　私より遅く起きていた母はそんなことはない、と一笑に付した。しかししつこく見たと言い張るので、そんなことが出来るはずがない、とうるさがった。当の本人はそうだったかも知れないとニヤニヤしていたので、ますます事態は紛糾した。姉たちはアハハと笑っていた。

　食事の後のカルタ会の間も私の心はそのことから離れなかった。

「これやこの　行くもかえるも　別れては
　しるもしらぬも　あふ坂の関
　しるもしらぬも　あふ坂の関」

父の朗々とした声で百人一首が詠まれると、私たち四人の兄弟姉妹はいっせいに腰を浮かせて、畳に散った無数の白札を追う。私の目は真中へんから皆の膝元をぐるりと回る。（あふ坂の関、あふ坂の関、あふ坂の関って大阪の関かなあ）しかし焦る心は何か虚ろだ。バタッと大きな音を立てて、兄の手が斜め向かいから私の膝元に飛んできた。

「ハイ、ありました」

「ああ、好かんよう」私は悔しさに体を揺する。

「ヒデオ、どうしたの。すぐ目の前にあるのに」と長女が言う。

「ヒャ、ヒャ、ヒャ」とひょうきんな兄が笑う。

「じゃあ、次行くぞ。皆、用意はいいかな」父は羽織に入れた手を取り出して、絵札を一枚めくる。

「天の原、ふりさけ見れば　春日なる
三笠の山に　い出し月かも
三笠の山に　い出し月かも」

（みかさ、みかさ、今度こそ取ってやるぞ）と私の目は大きく開いて、まず自分の膝元から、そして皆の膝元をすくってやるつもりでじいっと見回す。向こう側を向いている札に対しては首を曲げて解読を試みる。

「ハイ、ありました」隣りに座っているおとなしい次女がそう言って、ゆっくりと私の方に手を伸ばす。

「ああ、好かんよ。好かんよ」私は膝をジタバタさせて、姉が掴みそうになる白札をひったくる。

「おばかさんだね。頭は大きいのに、目はどこについているの」と長女が呆れ顔で言う。

「ああ、もうさっきの蝉丸のも、ギンコウのゲームで一番えらいから覚えていたのに」

「ヒデオはきのうから寝ぼけているんだよ。兄ちゃんは屋根なんかに登りはしないよ」

「ウソだい。ちゃんと見たんだから。さっき登ったかもしれないって、言ったじゃないか。もう好かんよ」

　そうやっていつもの子供のケンカが始まるのだった。

リュウキュウの少年

炎上

幼年時代。それは海面下の無意識の氷山の頂点が海面に少し浮上して、現実という大気と交わる時。現実の意味を手探りで捉えつつ、なお、自己の本質を海面下に置いている。

私の幼稚園は龍潭上手の小学校の西端にあり、古城の面影を残す瀟洒な守礼門からは斜交いに見下ろせた。国相の懐機が王命を受け、物見台を設け、種々の珍花や樹木を植えた安国山と呼ばれていた場所である。古庭園はそのまま学校になって迫り出して、龍潭を首里城に向かってすぼませていた。

小学校はすでに赤瓦の木造平屋であったが、運動場の端に位置する幼稚園はまだ米軍払い下げのカマボコ型のコンセット校舎だった。

近所には年違いの子供たちはいたものの、同年の子供たちの園は戸惑いの場であった。同世代の中に入って行くことによって、初めて人間は公平な協力と競争の場に立たされるものだ。私は、私と同じように母親に手を引かれて続々と集まる子供たちを、異邦人を見る思いで、興味と反発を覚えながら、目を細めて見ていた。

男の子がいた。女の子がいた。大きな子がいた。小さな子がいた。太った子がいた。痩せた子がいた。はやネクタイをしている子がいた。ボロを纏った子がいた。

人間関係の奇妙な化学反応によって、視線が合うとすぐに気恥ずかしくなる子、いつまで見詰め合っていても、焦点が合わなくて、お互いに石像でも見るように、母親に手を引かれるまで、口を開けたまま向かい合う子がいた。

彼らは総じて、同じ暦年に生を享けたのだった。一家の中で可愛がられている子犬が、突然ペットハウスに連れられていったときに味わう、特別扱いの喪失感のように、今までは私だけに確保された立場であったものが、これほど多数の仲間と共有することになるとは意外であった。しかしまた、強い日差しが白い砂地に照り返っていたにせよ、同じ年に、まるで長い長い透明な生命の筒を、物理世界に無事、滑り降りた仲間たちが、輝かしく眺められるのだった。

五十人くらいづつ、松組、竹組、梅組、桃組と組み分けされて、私は松組だった。肉体的特長が覚えられると、次に性格の凸凹が子供の世界の現実となった。顔＝性格＝言動であり、この三者は一体だった。笑って美しい顔と滑稽な顔、意地悪な顔と気の弱そうな顔、絶えず変化する顔と無表情な顔——。

さまざまな人間関係が始まった。いぶかしげに、或るいは好奇心旺盛にお互いの顔を覗き込んだ。正午になって幼稚園が終わると母親たちが迎えに来る。それまでは甘えられる人は担任の女の先生だけだが、その先生の息子がクラスにいて、表情の大きい、その子の余裕を、私は軽いねたみのまなざしで見た。

輝かしい白い砂が盛り上がり、波打つ砂場。金属管を組み合わせた四角いジャングルジム。先生に高く上げられて、へばりつくだけで恐怖症になったブランコ。乗ることの快適さを教えた滑り台。地面のささやかな草と土との混交。明るい土色に柔らかさが感じられる運動場の広がり。それを取り巻くさばさばした楕円形の芝。大きな岩礁の膨らみが、表面の粗さから大小の陰影を作って人の顔の表情を湛え、喉元に黒い影を落としている土手際。巌の緑の頭髪の上に幾つもの白い幹に束ねられた枝葉のちょんまげ。その上にそびえる守礼門の赤瓦と白い漆喰の冠。岩の先の土手の上には、古くなって移転されようとしている、琉球大学女子寮の錆びたフェンスに蔦が絡まっている。

運動場の向こう側には、整然とモクマオが立ち並んで、下方の龍潭界隈を隔している。木立の前には小学校用の砂場や滑り台がある。

さらに遠景には軽く湾曲をなしてそそり立つ、灰白色の城壁の上に、琉球大学の図書館の灰色のビルディングと、理工学部のクリーム色のビルディングが濃い青色を背景にくっきりと並んでいる。綿雲が軽く疾走している時なぞ、あたかも丘全体が二つのビルディングを頂点とした船舶のように進んでいるようにも見えた。

敷地の条件からか、城壁に差し迫っている図書館は、一階が凹んで、前景の渡りが広くなり、外廊の赤く丸い中柱が数本、頭でっかちになったビルディングを支えている。

向かって左隣りの五、六階建ての理工学部のビルディングは、実は城壁の下に立っているのだが、隣りの四階建ての図書館とほぼ同じ背丈で、青い空にクリーム色もさわやかに突き出ている。私の幼稚園からは斜交いに見えるので、ビルディングの前面と西横腹の二面がこちらに向けられていた。一面が日に当たって輝いていると、一面は翳っていた。そのような視界の中を黒い鳥が時々、鷹揚に渡った。

私は何につけ、やることが遅かった。何も考えずに行動に飛びついていた反面、幼稚園時にすでにぼんやりする癖がついていた。大体、教室に入って行くのも遅かったし、出てくるのも一番遅かった、と回顧するのは母である。先生が何かを質問する。皆、手を組んで考える。そして「ハイ、ハイ」とあちこちで手が上がる。手がおおむね出揃う。分からない子の手は上がらない。それが見届けられると、私の手がおもむろに上がるのだった。

他人に比した私の理解力の遅さは私の人生のあちこちでしばしば感じられたが、一つにはいつも余分なことにひっかかって、物事を縦割りに見ることが出来ないからであった。先生の言ったことから何かが触発されて、意識が横滑りし、そのイメージを漂い、それから慌てて質問に立ち戻り、という具合だった。現実の法則は何かしら難しかった。

私は左利きであった。字を書くのと箸は右手に矯正された。私の自然は社会に合わせられた。それでも絵は左手で書いた。

幼稚園の発表会で、私は絵を描いた。黒板の前に貼られた大きな白い紙に、三人ずつ出て、絵を描くのである。線を描くのは左手で描くのだが、面の色塗りは左手である必要はない。私はもう一つクレヨンを取って、両手で弧を描きながら色塗りをするのだった。すると集まった父母たちから賛嘆の声が聞かれて、私を有頂天にした。

しかしこのパフォーマンスは絵を描く速度に貢献しなかった。両隣の子達はさっさと描き終わって、又しても遅いのは私であった。両手利きと言うものの、器用であるように見えながら、右と左の要求する質の違いに戸惑っている場合が多いのかもしれない。

外界の模様も同じように、教室の内と外で私の注意を喚起していた。私はカマボコ型校舎の窓際に座って、私の顔は先生や黒板にでなく、しばしば眩い、閑散とした外に向けられていた。空の青と、雲と砂場の白、葉と木の緑とグランドの茶、守礼門の瓦の赤と、岩と大学の建物の灰色とクリーム色。空間の広がりと豊かな色彩の混合とに、物思いに耽るにせよ、私の顔は自然に向くのだった。その高台にもし、ビルディングの代わりにお城でも見えたら、私の放心は如何ばかりであったろう。哀しきかな、首里城は今次大戦、米軍の猛攻撃を受けて焼失していたが、その以前に撮られた写真を見ると、すでに城は無人の廃墟となって、荒れ放題で朽ちるに任せていた……。

気がつくと、大学図書館の回りに薄黒い、粗めの雲がかかっていた。それはすぐに上方に不均等に広がっていった。地に端を発する煙であった。煙が中空に達し、四散すると、やがて小学校の運動場にも煤の黒い雪が降ってくるのだった。大学図書館の三階の窓から炎が舌を閃かせていた。

「火事だ」

皆が、カマボコ型校舎の、ガラス窓の桟すらない開け放たれた窓際に、葡萄のように顔を重ねて異変に見入っていた。外には人が出ていた。炎の奔出が激しくなり、図書館三階の全窓に及んだ。回りの空が熱く歪むのだった。放たれる水の、太く白い曲線も的に届きにくいようだった。中に書類や資料の一杯詰まっている図書館は、火の廻りが速く、消化は容易ではなかった。煤が辺りに黒く散って、焼けた、文字を連ねた紙片が校庭に舞い降りてきた。放恣な炎は白紙であろうと、古文書であろうとおかまいなく貪欲に食らいつくのだった。

私は教育実習で来て、一緒に遊んでくれた、琉球大学のお姉さんたちのことを考えていた。女子寮が守礼門の近くにあったのである。お姉さんたちは無事に逃げただろうかとぼんやり考えているると、やがて、全校生徒避難ということになって、六年生だった次女の幸子が来て、生まれて初めての異変に興奮してむずかる私の手を取って下校するのだった。

ムツオ

一人身なりの良い、ウールのズボンにチョッキを着こなすお坊ちゃんがいた。他の子供たちへの対応は戸惑うことが多い中、ムツオというその少年は気がつくといつも傍で微笑んでいた。他の少年たちに比して、表情の変化が少なく、かつ豊かな顔立ちをしており、仏像を思わせる貴相であった。

何につけ無軌道に行動しがちだった私は、ムツオに対しても邪険に振舞ったと思うが、記憶に残るムツオの微笑は私のやんちゃを軽くいなしたに違いない。学級はいじめる者といじめられる者とに大別される中、ムツオは超然として、威嚇するでも威嚇されるでもなかった。甲高い声を上げ勝ちな私たちと違って、いつでも大人のような低い声でとつとつと話し掛けるムツオには何か態度を改めざるを得なかった。それでいてムツオといて違和感は何もなかった。私はムツオと一緒によく遊んだ。迎えに来るムツオの母親は裾の広がったパーマをかけたきれいな人で、同じようなパーマをかけた私の母と挨拶を交わし、私達二人は手を振って別れるのだった。

或る日の休み時間に、砂地に照り映えながら、ムツオと私は膝を折り曲げて地面に棒切れを当てて、線を引っ張ったり、円を描いたりして遊んでいた。私たちの影の他に、周りをせわしく駆ける子供たちの影が、描いた線や円を突如かき消したりした。それが長い会話の果てに出た言葉なのか、ふいに出た言葉なのか、もはや覚えていないが、ムツオの発した次の言葉は突然、私を覚醒させた。

「ぼくたち、何しに生まれてきたのかな」

青空に満風の帆を張る積乱雲に遮られずに、激しく降り注ぐ日の光に見渡す限りの風景の多様な色彩が、全て日向の白と日陰の黒とに分かたれ、二色一辺倒の世界に截然と変貌していた。

何かが了解された。この物理世界が、私たちにとって異郷の地であることがすんなり確認された。そして何かをしに来た、という黙契が思い出された。

「ぼくたちも、ここも不思議だねえ」

「不思議だねえ」

それは私たち人間と私たちを取り巻く物理世界の存在が不思議だという意味だった。

私の眼前には翳って、黒く迫ったムツオの二重の重厚な眼と、達観した仏のような顔があった。

それから数ヶ月後であったのか、次の年が明けてからだったのかは定かでないが、しばらくムツオの姿が見えなくなった。他人の病気や欠席に気を巡らす年齢でもないので、相変わらず遊びに夢中になっていたが、ある日、担任の先生が涙ながらに、ムツオがもうこの世にいないことを皆に告げた。

我々がこれから始めようとする人生をムツオはあっけなく終結したのだった。しかし他の子供たちもそうだと思うが、私には生まれることは知っていても、死という概念が理解できなかった。永続的に姿が見えなくなったこと。声が聞けなくなったこと。お話ができなくなったこと。一緒に遊べなくなったことの不可解な宣告を受けて、「だけど……」という喉に異物が引っかかるような気分を、子供の移り気がムツオを忘れさせるまで、しばらく持っていた。

さっさと忘れ去られてしまう小さな出来事が年を経て、形を変えて現れて、私たちに何かを告げることがある。微小な泡状の呟きが、日常生活の水面に上がってきて私たちにひそやかにささやく。

「あなたのテーマはこれですよ」と。

その目覚めも、進むべき方向の知識と手段の欠如と、趣向の不足あるいは日常生活の慎重な配慮から、私たちの関心から足早に立ち去っていく。

しかし、私にとっての人生への目覚めはその後、奇妙な形を取った。それはまさに時間と物理の観念だった。朝、家を出て、龍潭と中城御殿の石垣に挟まれて登校する。一歩一歩路上に繰り出される自分の足を見ていて、今出て来る足は、さっきの足なのだろうか、と思うのだった。それは同じ足なのだろうが、さっきの足は今、何かにぶつけても痛くない筈だった。だって、さっきの足はもう、この世に存在しないのだから。つまり「時間」と「物理」は一瞬の間交わり、その瞬間だけ「現実」が在るのだった。後は雲散霧消し、我々の記憶の中にだけ存在していた。それは恐ろしい発見だった。

アメリカーがちゅううんどおー

「アメリカーがちゅううんどおー（来るぞー）」

その日は子供たちの声が辺りを駆け巡った。

子供も大人も記念運動場へと向かった。

記念運動場は琉球大学の西側、守礼門の手前にあった。私たちの小学校から道を隔てた南の小高い丘である。運動場といっても西側を除いてU字形になって盛り上がった土手のある、ただの原っぱに過ぎなかった。土手のぐるりのおちこちに繁茂している淮木やススキの他は草地もまばらで、殆ど土が剥き出しになっていた。西の緩やかな傾斜からは、下方の高木にところどころ視界を遮られつつも、ギリシャ臨海の小都市に似た白っぽい那覇の町並みが遠望され、その上には紺碧の広大な東シナ海が、太陽をちぢに散りばめて、溢れんばかりに横たわっていた。深く澄み切った秋空には強い風が吹いていた。

土手の周りに人が集まった。

運動場の中央には、カーキ色の帆をかけたトラックとジープが停まっていた。ジープの周りには濃緑色のキャップを被り、同色の簡易な半そでの戦闘服に身を包んだ、米兵が四、五人たむろしていた。日本人とは違う輪郭の鮮明さと、丈の高さと恰幅の良さが私たちを魅了した。半袖に続く太い腕に夥しく生える金色のうぶ毛が、腕を動かすたびに、日を受けてきらめくのを、私たちは遠くから眩しく眺めた。

さりとて彼らは何をするでもなかった。むしろ、居心地が悪そうに、集まった人たちを見返したりした。

私たちは待った。

人々の数は増えて、いつのまにか垣をなし、所在なげに佇んでいる米兵たちを囲んでいた。するうちに、待たれる人々は来た。

遠く上の方から、パラパラと音が聞こえてきた。見上げると深い秋空に二つの点が見られた。その物体は轟音を伴って、見る見るうちに大きくなった。太く丸い胴体に先細りのしっぽが伸びて、上には透明の、薄い漣の膜の、胴体より大きな旋回物が空気を激しく切り刻んでいた。やがて、遠くからはトンボのように見えた物体は垂直に降下して、中空に静止した時、鈍い茶色の光沢を放つ機体の大きさと重量感は見上げる視界を圧倒し、轟音は人の耳をつんざき、旋回する巨大な刃物は辺りのススキを凪ぎ伏せ、枯れた茅はもんどり打って転げまわった。

それは軍の輸送用ヘリコプターだった。

二機の大型ヘリコプターは、凄まじい圧力を周りに与えながら、ゆったりと地上に降りた。私たちは耳を押さえてしゃがみ込んだ。

丸い弧を描いていたプロペラが回転速度を落とし、しだいにその姿を如実に表すと、横腹のドアが開いて、外にいる兵士たちの濃緑色の戦闘服とは違った、薄茶色の端正な夏の制服を来た一団が現れた。一機から十五人ほど、もう一機から十五人ほど出てくると、集まった群衆に向かって、一様ににこやかに手を振った。

兵士たちがトラックに上がって、帆を翻すと、幾つかの箱の中から大小の紺のベールに包まれた容器を一団の一人一人の要望に応じて手渡すのだった。車上に一つ太鼓が剥き出しになって置かれていたので、渡される容器の中身が楽器であることはすぐに悟られた。果たして、次々に開かれる容器の中から金色に光るトランペットやら、白銀色のメタルに縁取りされ、かつ数珠のような押さえに飾られる黒い胴体のクラリネットなどが取り出された。

容器が車上に戻されて、一団が二列に整列すると、指揮者が前に出た。他の楽団員は三日月の帽子をかぶり簡易な半袖を着用しているのに、この人は黒く短い鍔の上に金糸が巡らされた丸い軍帽を被り、スーツの軍服の張った片方の胸には白いモールが肩へ向かって二重にも三重にも横切って垂れ、もう一方の胸には赤や黄色や緑の階章が棚引いていたが、それにもまして私たちの目を引いたのは、この人が分厚い唇の上に口髭を蓄え、人懐っこい丸い目をした、チョコレート色の黒人だったことだ。にこっと笑うと、口髭が両端で吊り上り、眉が八の字に下がった。

両手が上がって、下ろされた瞬間、演奏が始まった。

歯切れの良い、一糸乱れぬ勇壮な音が秋の清冽な空気をつんざいた。力強いイントロの一小節が、太く締まった太鼓とシンバルによって区切られると、続く音の流れは軽快に、あるいは優美に、そしてダイナミックに堰き切って溢れ出るのだった。

それは今まで聞いたこともない演奏だった。金属性の弾ける音は、西洋の曲であっても、家で聴くクラシックのバレエ曲とは違うものだった。それはまさしくアメリカの音だった。華々しい軍楽団の演奏は、私たちがラジオで耳にするのんびりした沖縄民謡の調べや、歌手がせつなげに眉をひそめて歌う歌謡曲を耳から派手に吹き飛ばし、凛々しい軍楽団の姿は地元の人間たちを矮小なものにした。アメリカ文化の他文化を圧倒する威信がそこにあった。

丈の高い、りゅうとした身なりの指揮者は、楽団を背に聴衆に向かって、軽やかに指揮棒を振っていたが、愛嬌のある大きな笑顔が、チョコレート色の中のくりっとした目と、歯の白さを浮かび上がらせた。やがて、するすると足の屈伸もなく体が左に移動して楽団の端まで行くと、右にまた移動して行った。目を見張ると、かかととつま先に重心を無駄なく交互に移して、絶妙に動いているのだった。こぼれるような笑顔で聴衆を魅了しながら、タクトを振る右手と小指をぴんと伸ばした左手は小刻みに上がり下がりして、瞬時に位置を変えるその両手は、子供の目には二重、三重にもなって、体全体の動作はさほど大きくもないのに、あたかも踊っているように見えた。聴衆から歓声が沸いた。

たいそうな文化使節であった。どのような威厳のある大使にもまして、首里の住民からアメリカに対する畏敬の念と好感をいっぺんに獲得したのだった。後ろの楽団も合わせて動き始め、トランペットやらトロンボーンやらを上に向け、下に向けしながら、ジグザグ行進を開始した時には、聴衆の興奮は頂点に達した。

龍潭池畔の教会と坂下の観音堂

このようにして私の眼前にアメリカはその華々しい姿を現したが、もとより西洋は私の生まれた時から、母のバレエによって身近にあった。

頑固な警察官の長女に生まれながら、ある日見た、石井舞踊団の沖縄公演に感化されて、勤め先の病院で足を上げて踊りだし、勘当同然に家出して名古屋に渡ってバレエを習得した母の尋常ならぬ感受性と、子供の私の好奇心との共同作業によって、もう一つの西洋がすでに我が家に導入されていた。それは私によって率先されたが、家庭の中で息づいたのは母によってであった。そしてそれは、家庭において精神性の活性化と同時に複合文化の難しさを招いた。

それは教会だった。

うららかに晴れたある日、往来にチンドン屋のような音が鳴って子供たちが集まった。行くと、上品そうな中年の夫婦が優しく子供たちの頭を撫でてパンフレットを配っていた。

二人とも沖縄の人でないことは、洗練された標準語と、北方の人の特徴である細い眼差しと色の白さと端正な顔立ちで推し量られた。婦人の髪は柔らかくウェーブがかかって、優しい目は目蓋に被われてなだらかに傾斜し、高い鼻の孤高を補って、人柄の良さをこの上もなく表していた。黒ぶちのメガネをかけた紳士はにこやかに笑っていたが、メガネの奥の涼しい眼は竜眼に近く、高度の精神修行を積んだ高僧の趣きがあった。

内容は、今度の日曜日にお話会がありますから来て下さいというものだった。場所は大通りの向かいの三ツ星印刷所の二階であった。繁茂するアカギの枝葉に隠れがちな、龍潭の角にある三ツ星印刷所には、ガラス戸を開け放ったお座敷で、いつも新聞を広げて座っている禿頭のおじさんがいて、界隈で遊ぶ私たちが印刷所に忍び込んだり、下方の池に向かって反り返る樹木に登ったりするのを大声で叱ったりもしたが、手招きして飴玉を与えたりもした。メガネを鼻にかけて遠くを見るとき、顎を引いて上目使いになるのは私の祖母と似ていた。ブロック造りの丈夫な印刷所の二階は、若い職人たちが居住していた八畳間が三つほどあったが、襖をはずすと結構な広間になった。

日曜日の朝、その広間は子供たちで一杯になった。私は座敷の中ほどに両隣の子供たちと膝を触れ合わせながら、ちょこんと座っていたが、座りきれないで立っている子供たちは階段の方までいた。広場の奥に立てられた衝立には白い布が何枚か掛けられて、聖句やら賛美歌が墨汁で書かれていた。S牧師夫妻は両脇に立って布を一枚一枚捲って聖句を朗読し、神と人間の関係について話した。それから牧師によるアコーディオンの伴奏で賛美歌が唄われ、皆が和した。そして祈った。帰り際に、お父さんやお母さんを連れていらっしゃいと言った。

私には訳がわからなかったが、これから人生を始めようとする私に、何か未知の、周りの大人にも及びもつかない、めくるめく高みから、いきなり人生の整頓が与えられたようだった。しかしカタカナの名前や神の概念やら、論理の組み立てや音楽に異郷の匂いが一杯に溢れ、歌や祈りの作法に、確かに私の環境の習慣からすると、気恥ずかしさで体がじんとするような、何か大業な自己表現の革新があった。子供心にはそれもまた、自分の生まれ育ちつつある環境の精神風土なぞ身に染み付いていたわけでもなかったので、受け入れられぬことではなく、多少の違和感を感じつつも、この文化的な新風に私の何かが感応して、興奮して道路を隔てた家に戻った。

教会の教えと、新しい生活のあり方と、美的感覚は私よりも母に強烈に作用したようだった。この前世は遠い西の人かと思われる女性において、アジアの果ての列島の、さらに一つの点たる小島の狭隘な風土はさほど意味を持たず、その精神はすぐさま全宇宙一神教の、途方もなく広大な精神へと結びついてしまった。時を待たずして、母は熱心に聖書を紐解く敬虔な信者になった。

父や祖母はと言えば、私に率先された家族の者が教会へ行くのを、よく知らないものに対する謙虚さと教えの尊さに対する漠たる大人の理解で容認こそすれ、彼らにとっての異教の響きと異国の赴きが、長年の生活を支えてきた仏教的な信仰や土俗の慣習とすんなり同居するはずはなかった。遠い昔、地球の裏側でガリラヤの湖畔に佇んだ聖人の存在は理解できても、さてその人に、今までのものの考え方を一切投げ打って、身を投ずる謂われは何もなかった。仏壇の前で手を合わせる代わりに、十字架の前で手を組んでアーメンと祈る謂われは何もなかった。

生まれながらの母の無垢の精神もさることながら、母を信仰に駆った一つの動機に三女のみどりのことがあったのかもしれない。三歳上の、みどりは、私が物心ついた時から鉄の車椅子に座っていた。黒光りする車椅子に近づくと、左手の恐ろしい力で、引き寄せられて逃れるのに窮した。周りにいる家人がすぐ私を姉から引き離したが、思う存分の左手の行使を全うすると、姉は嬉しさのあまり笑いさざめくのだった。自分の体でありながら、姉にとって自由が利くのは唯一この左手だけだったのである。

姉妹の中で最も美しかったと言われるみどりは終戦直後、父の数百名の学童を引率した熊本への疎開から引き上げて来て居住したテントの中で高熱に冒された。流行の日本脳炎であった。八方、探し回って手に入れたペニシリンの注射は姉の一命を取り留めたが、高熱によって脳の細胞が破壊され、半身不随になった。精神の発達もその後なかった。三歳の時であったので、言語の発達は十分ではなかった。ただ、天賦の音感が、稽古場から流れてくる楽しげな音、哀しげな音色に敏感に反応した。そして大きなくりくりした切れ長の眼に、稽古場に集まった子供たちが踊るのが映ぜられると、動かない体を激しく揺すぶり、叫喚を上げて踊りに参加するのだった。

鼻が高く、唇の締まった顔立ちはザンバラ髪に覆われて、続く胴体は硬く歪み、右手は細く萎びれて、枯れ木のように宙に浮き、同じく発達不全な両足は左向きに折れ曲がって重ねられていた。病に倒れる以前の姉を見知っている人々は、世間に稀に見る美しい姉に訪れた不幸を深く嘆じた。

当時、戦争で多くの人々が親兄弟を失い、あるいは身体をもぎ取られて不幸は至る所にあった。しかし人々は過去の不幸は出来るだけ忘れて、新しい生命を中心に新しい生活を送ろうとしていた。我が家の場合、新しい不幸が一家の中心になったのだった。夫亡き後、大事に育てて高等学府まで行かせた三人の息子を一挙に戦争で失った祖母の嘆きもいかばかりかと思えるが、祖母や父に健気に仕える母の、自らの胎内から生まれた子の、明日にも渡る不幸を背負わねばならない運命もまた、どれほどのものであっただろうか。自分でも気づかぬ持ち前の気強さから、涙どころか何の悲しみも表に現さない母の深いところで、人生の喜怒哀楽がその枝葉を取り払われて一つの大きな感慨となっていたのだろう。母は途方に暮れて時折、みどりを抱いて龍潭界隈をさ迷っていた。そんな母に教会は人生の指針を与えたのだった。

ある日、近所で私たちはゲッチョーをして遊んでいた。その原っぱに一人のアメリカ人の若い男がぶらっと立った。私たちは思いがけない見物人の登場におのずと遊びに真剣になるのだった。土に小さな穴を掘り、枝を中央に置き、さらにその枝に箸ほどの枝を直角に重ねる。棒で片方を叩き、宙に舞った枝を狙った標的に向けて当てて飛ばす。標的は野球のように一塁、二塁、三塁とあって、その回りを三重の丸で囲み、近ければ得点が高い。

アメリカ人はカメラを取り出し、私たちの遊びを撮り始めた。シャッターの音に私は緊張した。最高のプレーを見せねばならない。棒で小気味良くコンと叩くと、小枝は旋回し、さらなる一撃によって標的目指して飛んだ。皆はわっと言ったが、あらぬ方向に走って行った。アメリカ人は十セントやら五セントやら一セントやらの小銭をばらまいたのである。皆はその煌きを追って争った。私も小枝の行方を忘れて小銭に飛びついた。遅ればせながらいくつかの小銭を拾った。アメリカ人は盛んにシャッターを切っていた。小銭を拾った子供たちは急いで家路についた。

母は居間でみどりを抱きかかえて着せ替えをしていた。換えられたオシメが剥き出しになって異臭を放っていた。母は枯れ枝のようなみどりの左手を取って慎重に着物の袖に通していた。姉は痛そうに声を出した。

「おかあちゃん。アメリカーからお金をもらったよ」

母はみどりを寝かせながら、怪訝そうな顔をした。私は小銭を見せた。

「ほらね。ここにあるよ。本当に親切なアメリカーだね」私は急いで状況を説明した。

「それで、その人はあんたたちの写真を撮っていたんだね」

「そうだよ。何枚も撮ったよ」

母の手が伸びて私の手の平の小銭をはたいた。

「あんたは恥じん知らん。こんなお金で見世物になって」

私は母の言葉に愕然とするのだった。急いで拾った小銭はさきほどの輝きを失っていた。だが捨てるには惜しかった。私は庭の地中に埋めた御茶缶の秘密の宝箱にコインを入れて土をかけた。


夏休みに入ると午後の太陽がいよいよ白熱して、大地を照りつけた。にわかに多くなった浮雲に遮られて日差しが和らいだので、家にじっとしていることに我慢が出来なくて、隣りの友人を誘って中城御殿跡の広場にキャッチボールをしに行った。その頃の多くの子供たちと同じように、ヒーローは野球選手であったから、プロの野球選手になるためには暑さはさほどのことではなかった。

中城御殿跡の空き地に密集していた疎開者の、烏のような黒テントの群れが取り払われる頃には、広場の西側に木造平屋の首里市役所ができていた。そこでいつの日であったか、米軍支給のB円軍票が米国ドル貨幣に交換された。列をなす多くの人々に混じって私は特別にもらったお小遣いをドルやセントに換えた。リンカーンの顔やワシントンの顔のコインを堂々と持てるようになった。見知らぬ人の十セントのコインが五セントや一セントのコインよりも小さいのは解せなかった。

市役所の窓を覗くと、多くの男女が似たような服装をしてソロバンを弾いたり、帳簿をめくったりしていたが、私には彼らが何をしているのか不思議に思えた。少年の心にとっては野球選手とか、軍人とか、パイロットとか、侍とか、カーボーイとか、その活動が明確に目に見える者になりたい訳だから、このような理想にとって、多くの人々のひねもす机に向かう姿は実に不可解なものだった。

市役所が移転した後、バスターミナルができた。草地に砕けやすい真白い石灰岩を敷き詰めて、ローラーで押しつぶして広場が整備された。その上にバスの軍団が並び、灰燼を立ててせわしく発着していた。南国に君臨した尚家ゆかりの地は、大衆の便宜にいたく奉仕していた。それかあらぬか、事故の多発に人々は地のたたりではないかと噂した。築山であったモーグワー（小森）も整地されて、私たちに残された遊び場は僅かなものであった。

そのバスターミナルも東のリングムイ（小掘）が埋め立てられた敷地に移転し、龍潭脇の古くなった博物館がここに移転建設される予定だった。

僕らが自由に使えるにもその間のことだった。そのようにして整地された広場でも、砕けにくい石ころが突起してボールがつっかえつっかえしてバウンドしてきた。白い石の陰りがあちこちで石を丸く浮かせて、白いボールの転進を見えにくくした。

二、三の声が後ろから聞かれた。ついでひときわ高い女の人の声がした。何か尋常でないことはすぐに知れた。私たちは声の方向に顔を向けた。広場の外の安谷川の坂の方からフクギの生垣に見え隠れして男と女が歩いてきた。普通の会話のやりとりではなかった。口論でもなかった。男がしきりに女をなだめていた。女は一人ごちていた。生垣が切れて姿を現すと、女の裸足が目に入った。すでに後ろから数人の子供たちが連なっていた。私たちは声を掛け合って走り寄った。

女が何か叫び、走り寄る私の足はすくんだ。男がすぐに怒声を上げたが、女を圧し切れなかった。憂いのある、しかしぴんと張った声で女はしゃべりつづけていた。女は誰も見ていなかった。女の虚ろな目は涙に濡れて眩しい空に向けられていた。すんなりした鼻筋が準じて空に伸びていた。眩しさからかそれとも哀願からか、眉がひそめられて、間に二つの縦皺が刻まれていた。顎は卵形で美しく突き出されて、狭い額で分けられた髪は耳元から首筋を伝わって、幾条かは汗に濡れて喉元に絡みつき、多くは水球を宿したなだらかな肩へ流れていた。そして薄い唇からは妖しい叫びとも祈りともつかぬ悲哀の嘆きがほとばしっていた。

見る見るうちに子供たちの数が周りに増え、近所の戸板が開き、大人たちも顔を出し、あるいは路上に出て、この行進に見入ったが、私たちが凝視していたのは、なかんずく女の胸であった。黒いスカートこそ着けておれ、上半身はシュミーズだけで、左の肩紐がはずれて肘にかかり、日に晒されて汗ですべすべになって、かろうじてその頂点でシュミーズを受けている鮮明な乳房の形が見る人の息を止めた。後ろから男が腕に手をかけて引き戻そうとしても頑と拒み、肩紐を肩に掛けてもすぐに落ちるに任せていた。女は毅然と胸を張り、背筋を伸ばして、確かな足取りで一歩一歩進んでいた。

それは異様な光景だった。性格の異なる老若男女を共存せしめ縛りあう、社会の行動基準の黙契が彼女には空気のように見えず、世の中にいるのは自分だけだった。女は私たち子供たちに囲まれて、また多くの大人の目にも晒されていたけれど、他人は存在しなかった。言葉をかけ、手を回す男も存在しなかった。

このようにして女はたった一人で炎天に向かって、汗もしとどに話し掛けていた。天は過剰なエネルギーを容赦なく女に降り注いで応えていた。天の物理的な、そして地の精神的なエネルギーは激烈に呼応していた。

やがて大通りを渡って龍潭脇の印刷所の前に立った。二階に掛かった白い木材を組み合わせた十字架を見上げた。女は手を組んで、神様、エス様、お助けくださいと声高に祈った。

女は何を嘆き、何を祈ったのだろうか。私には語られた言葉はもはや覚えられていないし、そもそも八、九歳の子供に大人の激情の何が理解できよう。だが、全編を通じて、私のまだ理解しない愛欲の果ての結果であることがおぼろげながらに了解された。愛欲が何であるのか知らずとも、女の肉感が、女の目の色が、女の逸脱自体が激情の根拠を物語っているのだった。女のつややかな黒髪が厳しい日射にべっとりと濡れて肩から胸にかけて絡みつくさまは、私の記憶の中で、後年培った理性に助けられて、あたかも今しがた終えたばかりの息遣いも荒い愛欲の行為の残滓を煌かしているように思えるのだった。

私は女の側にいて彼女を見上げていたはずなのに、私の記憶の中で脚色されて、私は二階から救いを求める狂女を見下ろしている。見上げている女の腫れぼったい目、愛欲の疲労を感じさせるわななく口元。豊饒な生の賛歌の途中、突如訪れた精神の破綻。

痛ましいほどの祈りの時間が過ぎると、女はおとなしくなった。男が優しく肩に手を掛けて、二人はきびすを返した。男の言葉の様子と外見の類似性から、兄妹であるように推測された。

「かわいそうに。男に捨てられたんだね」と、側に来ていた近所の叔母さんが言った。

「おばあちゃん。キンゴローが来てるよ。行こー」

「アイエーナー。アイエーナー」

曲がった腰の痛さを訴えながらも、好奇心を隠せなかった祖母を私は引っ張った。

龍潭に沿った首里博物館に、落語で一世を風靡した柳家金語楼が来たのだ。人だかりを掻き分けて、私と祖母は金語楼を見た。

扇子をあおぐ金語楼は頭が禿げた垂れ目のおじさんで、普通の人のように笑っていた。火星人のような人が来たと思っていた私はがっかりした。

その次に「裸の大将」で有名になった画家の山下清が来た。祖母はもう億劫がって外には出なかった。山下清は面白くもおかしくもない顔をして、見物人を見返していた。

祖母の具合が悪くなった。家の雰囲気が変わったのは子供心にも感じられた。明治の時代の小さな落日が我が家にも迫っていたのだ。

古い写真があった。小道に沿って折れる屋敷の石垣を背景に、瓦屋根を頂いた門の前に、若い婦人が男の子を連れ添い、赤ん坊を抱いて立っていた。男の子は着物の上に白いフランネルの上っ張りを羽織り、水兵帽を被っている。赤ん坊はちゃんちゃんこの上にレースの編物を被せられている。婦人の丸髷はつややかに頭上に収まり、富士額の下の精錬な一重の眼と固く結ばれた薄い唇がこちらに向かっている。袖の広がりが女性らしい優美さを湛えているが、袴の折れの正しさが凛々しい感じを与えている。祖母と二人の息子だった。父は赤ん坊だった。

そこは大中町にある祖母の実家だった。祖母は武士の商法で稀な成功を収めた富裕な実家から、貧乏学者の祖父の元へ嫁いで来て、三十代前半で夫に死に別れた。その後、本土に出て紡績工場に勤めて、子供たちに仕送りして学校を終えさせた。当時には珍しく高等教育を受け、一早く大和化した琉球婦人であった。その頃の年代の人では琉球語しか話せない人たちが多い中、祖母は流暢な大和言葉を使った。眉をひそめて世の変遷を眺めている誇り高い十九世紀の婦人であった。

我が家の踊りの稽古場の隣りに小さな貸家があった。その貸家の四畳半の部屋に遠い親戚の八十歳を過ぎた、手の甲にハジチ（針付）と呼ばれる黒い刺青を入れた老婦人が一人で間借りしていた。時折、祖母が訪ねてお茶を飲んでいたが、二人で話す琉球方言は私には理解できなかった。

いつの日であったか、近くで遊ぶ私はその老女に呼ばれて、米軍払い下げのトウモロコシの缶詰を祖母に渡すように頼まれた。祖母は思いもかけない贈り物に喜んで私に缶詰を開けさせたが、中のトウモロコシがクリーム状になっているのを腐っていると勘違いして、返すように私に言った。

私は庭を横切り、老女の所に戻って、「これ腐っている」と行って缶詰を差し出した。老女は、そんなことはないと言って、スプーンですくって食べて見せた。

「うり、かまりーさ（ほら、食べられるよ）」

老女はそう言って口を突き出した。

私は缶詰をまた、祖母の所へ持っていったが、祖母にはクリーム状のトウモロコシは食べられなかった。

しばらくして、老女は独り、四畳半の中で死んでいた。祖母は寂しそうな顔をしていた。

祖母はいつも玄関の脇の四畳半の応接間兼居間のちゃぶ台に向かって座り、本や新聞を読んでいた。私たちが通ると老眼鏡の上から一瞥した。

学校から帰ると、その日は近所の友人が家の前で遊んでいたので、私はランドセルを背負ったまま式台に腰を下ろして、興奮した口調でその日、学校で起こった話をしていた。級友の一人が授業中に大便を失禁したのである。

私の斜め前に座っているおとなしい、色白の良く勉強のできる少年が、授業半ばでうつ伏せたまま顔を上げなかった。やがて悪臭が私の机に届いた。周りの女の子たちは顔を背けて、男の子たちは囃し立てた。先生が来た。そっと厠に連れて行けば良いものを、歩行が困難であったのか、その場で半ズボンとパンツがむしり取られた。汚物にまみれた白いお尻と、くりっとしたおちんちんとが忽ち剥き出しにされた。何が起こったのか。パンツが引き摺り下ろされると同時に、この級友は社会の或るレベルの高みから下の下にひきずり下ろされたのだった。

私の中の残忍なものが快感を覚えて、得意になって声高に、あらん限りの卑猥さを以って近所の友人にこのことを話して聞かせていた。やがて興が失せて、「じゃあな」と友人に手を上げて、玄関のガラス戸を開けて家に踏み入った瞬間、悔恨の念に襲われた。

祖母が静かに本を読んでいたのである。

祖母がいつもそこに座しているのを知っている筈なのに、話に夢中になっていた私はすっかり忘れてしまっていた。祖母は、家庭では露ほども見せない、いつのまにか身に付けてしまっていた私の卑しさを一部始終耳にしていた。私は力なく「ただいま」と言って奥に引っ込んだ。祖母は何も言わなかったけれど、その静寂が自分のことをどう思ったのかという懸念を重たくした。

祖母はいつも不機嫌な顔をしていた。

夕方、晩御飯が終わって、私は玄関の脇の祖母の居間の中柱に背を凭れて、電気をつけるのも忘れてラジオに聴き入っていた。大丸・ラケットという関西の漫才師が二等兵と上等兵のやり取りをしているのだった。私はかかと笑って聴いていた。

祖母が来て、そんなものは聴かないであちらへ行けと言った。私はラジオに夢中になっていたので言うことを聞かなかった。すると祖母はラジオのスイッチを切り、私の腕を取って立ち上がらせようとした。祖母の力では無理だった。私は動かなかった。

「あんし、やなわらばーやる」

祖母は息を弾ませて暗闇の中で私を凝視した。

ずいぶん後になって、思い当たるのだった。祖母と私は対の、紙で出来た箪笥状の小さな宝箱を持っていた。祖母の手作りの宝箱をほしがって、ねだって一回り小さな宝箱を作ってもらったのだ。厚紙の上に上質の和紙が貼られた宝箱の中に、ビー玉や、めんこや、ガムやキャラメルやその他の拾い物が私の宝となってごっちゃになって入れられた。

祖母の一回り大きい宝箱には何が入っていたのか。それは一群の古びた手紙だった。私はそれらを垣間見ることがあったが、「母様、」に始まる達筆の草書体の文面は読むのに容易ではなかった。満州の戦地から、あるいは南洋の戦地から送られた三人の息子たちからの手紙だった。女の細腕で高等教育まで受けさせた四人の息子たちのうち、三人が戦死したのだった。教職にあった父だけが徴兵を逃れた。祖母はこれらの手紙を命日になると仏壇に上げ、日ごろは手製の宝箱に保管し、繰り返し繰り返し読んでいるのだった。

そういう気性の祖母が戦争を忌むのは当然であった。あるいは逆に、日本の国の崇高さを信じ、息子たちの御霊が聖戦に殉じたと信じていたとしたら、戦争を戯画化して笑いを誘う、軽薄なラジオ番組に嬉々として耳を傾ける孫が、祖母の目にどのように映ったであろうか。


戦後の生活の窮迫が落ち着いてきて、道が整備された。

「やな、かばやっさー（いやな臭いだ）。はあ臭い」

石灰岩を砕いて敷き詰めた当之蔵大通りにアスファルトが敷かれた。祖母は奥の部屋にいてもたまらないようだった。どろどろになったコールタールが、白い道に敷かれて、ぱんぱん固められる。吐きたくなる臭いが充満し、騒音は耳をつんざいたので、私は雨戸を閉めた。通りの人は皆、気分が悪くなっていた。奇矯な新文明の香りだった。

白く輝く首里の道は老女のお歯黒のように黒く染められた。

ついで文化機器が我が家に入ってきた。まず冷蔵庫、次にテレビであった。

「冷蔵庫って何？」私は父に聞いた。

「冷蔵庫とは、外が暑くても、中は冷えていてね。冷たい食べ物や飲み物がいただけるのだ」

父は答えた。

翌日、私と祖母は玄関先にお座りして冷蔵庫の到着を待った。

運ばれてきた冷蔵庫は木で出来た金庫のような物であった。中を開けると二段になっていて壁はブリキで覆われていた。私たち二人は首を傾げてこれがどうやって冷えるのかを考えた。

父が帰ってくると、早速冷蔵庫を冷やすよう急かした。

父は、「中に氷を入れるんだ。ヒデオ、氷を買ってきなさい」と言った。

祖母はため息をついて、「うーん、そういうことなら私にもわかる」と言って奥に引っ込んだ。

次に父が持ってきたテレビは祖母がどう考えても分からなかった。私が急いで家に帰ると、祖母はすでにテレビに見入っていた。米軍放送のポパイやディズニーの漫画、それに沖縄のテレビ局の七色仮面に怪傑ハリマオ。二人は晩御飯に呼ばれるまでテレビの前にくぎ付けになっていた。小さな箱の中で人が小さくなったり、大きくなったりしながら動く。それだけでも不可解なのに、とりわけ生きているはずのない漫画が、人間のように動き回るのが不思議でたまらないようであった。祖母はうーんとテレビの前で考え込んでしまった。

祖母は具合が悪くなって、好きなテレビも見なくなり、床に伏せることが多くなった。医者に続いてS牧師が頻繁に足を運んだ。祖母は礼儀正しく起き上がって牧師を迎えた。牧師はミカンでもてなされて、よもやま話の間、二人は時間をかけてミカンの筋を丹念に取っていた。筋の取られたミカンはあっさりと口に放られた。

ある日、祖母といつものように談笑した後、牧師が唐突に「祈りましょう」と祖母を促した。祖母は前かがみに両手で体を支えてうつ伏せた。牧師は両手を握って祈った。祖母の両手は、何かに強く抗するように、床からはみ出て畳に置かれたままだった。

祖母の死のけはいが子供にも感じ取れて、私の心は重く塞がれた。いつも強く見えた父の沈んだ表情は、時の流れという人間を超えた大きなものに人間が屈することを示していた。誰にでも訪れる肉親の死は、人を生に対して厳粛にさせる。その時、誰でもが自我を引っ込めて、一つの生、そして総体的な生に想いを致し、心に日常忘れ去られているおごそかな気持ちが蘇って、謙虚に神仏に祈りを捧げるのだ。

その以前に、実は私は一つの死を目撃していた。

その死は日常生活の図柄をつんざいて唐突に来た。その死はあまりにも若い死だったのだ。カマースーの溺死や、幼稚園の級友のムツオの死については述べたが、その死は報告された死であり、近くにいなくなったという事実が残っただけで、死を確認する何らの具体性もなかった。成人した彼が再び私の目の前に姿を現して、「やあ、ヒデオ、元気か」と挨拶したとしても、「何だ、生きていたのか。僕の記憶の間違いだったんだね」で済むかもしれない。そしてそのまま死に対する傍観者的な漠たる観念を、その頃出てきたテレビや映画の場面と一緒くたにして持ちつづけたかもしれない。

しかしこの死は、はっきりと私の目で見られた死だった。

雨上がりの午後、バスターミナルになった中城御殿跡を挟む道端で遊んでいた私たちは、大通りから小道に後ろ向きに入ってくるトラックによって蹴散らかされた。トラックはあちこちに出来た水溜りの水を跳ねながら、全身をバックで小道に入れて進んできた。ある者はモーグワー沿いの急斜面に、ある者は向かいの薬局の軒下に避難してトラックが去るのを待った。トラックは飛び散る水しぶきに抗議する私たちを尻目に悠然と進んだが、中ほどで停止して、なにやら用をたすと、道を引き返して大通りに出た。

私たちは道端に戻って、遊びの続きをするのだったが、しばらくするといったん姿を消したトラックがバックしながらまた、小道に入ってきた。私たちは不平を鳴らして四散した。

カパッと音がして、周りの人の悲鳴が聞かれた。

トラックが急停止した。

振り返ると、トラックの左後車輪の下の水溜りに幼児がうつ伏せに倒れていた。夥しい血の赤が、土を含んでにごった水溜りをまだらに染め、さらに周りの黄ばんだ土に散っていた。車輪の太く、黒い歯車は幼児の小さな頭を食んでいた。

人々は声を上げて集まった。トラックがバックされた。私は幼児の頭蓋骨が大きく口を開けて黄色いものが顔を出しているのを見た。それはつい先ほどまで、幼児をして水遊びに夢中にさせていたもの、すなわち幼児の主体であった。我々をして我々せしめる自我を包む、未発達の脳は防御を失い、力尽きて、当たる風も痛かろう外界に黄色く晒されていた。茫然自失する人々の中、若い女性が半狂乱になって、なす術もなく足をじたばたさせていた。

しばらくして一人の中年の婦人が坂下から転げるように裸足で駆けてきた。悲痛の叫びをほとばらせて現場を見ると、気が違って若い女性を打ち叩いた……。

連日の医者の訪問も儀礼的なものになり、祖母の死がいよいよ差し迫っていた。私は敬虔な気持ちになっていった。沈んだ面持ちの家人と顔を合わせるのは気恥ずかしく、一人祈る場所を探した。幼児が死んだ近くの薬局の側の黒い電信柱がなぜか選ばれた。電柱に両手を押し当てて私は祈った。

「神様、おばあちゃんを助けてください」

そして、刺々しく剥げかけた表皮の上に黒くコールタールの塗られた電柱に、心を込めて口付けをした。

祖母が死んだ。

東シナ海を望む、那覇に下る坂下沿いに首里観音堂がある。

観音堂は首里の玄関ともいうべき御堂で、西の那覇から首里に上がる坂道はここで、二股に分かれる。一方は首里高校の正門に至り、もう一方は首里高校の裏門に至る。その裏通りは、道は細く商店とてないが、昔は綾門大通《あやじょううふどう》りと呼ばれた本通りであったそうだ。那覇の港から旅の安全を祈願祝福された観音堂に上がってきて、中山門をくぐって首里の都に入ると、まず左手に王子の屋敷である中城御殿（現首里高校）を、右手に国の平安を願う安国寺を過ぎて、歴代王家の玉陵を拝し、さらに守礼門をくぐって礼を誓い、歓会門にて迎えられるという貴人の道順は、勝手な想像ながら納得がいく。今では庶民の道であった首里坂下が本通りになっている。

その観音堂で祖母の葬儀があった。

小柄な祖母が年老いて、背が曲がりますます小さかったのが、今は火に焼かれてとてつもなく小さくなって金糸の輝く小さな箱に収められていた。死ぬことの、空間を占めることへの慎ましい遠慮。

慎ましくなった祖母は、しかし通常にない多くの客を迎えた。そう明るくない、堂内に灯された蝋燭に鈍く沈んで煌くご本尊を始め、天蓋や宮殿やハスの常花や金子などの仏具の金色が、みっしり詰めた参拝者の人いきれと併せて、空気を重たくしていた。弾ける木魚のリズムに乗って、僧の物憂い念仏が果てしなく続いていた。私は初めて父の流す涙を見た。ひときわ長い僧侶の節回しによって念仏が区切られると、仏壇に向かって三礼し、こちらに向かって一礼して参拝者の焼香を促した。長い焼香が終わりに近づく頃、一人一人並んで両手の平を合わせる人々に混じって、S牧師夫妻はツイと並んで霊前に立ち、深く長い黙祷を捧げた。

コージロー

こうして死という事実が立て続けに認識された。人生は生だけで構成されているものではなく、その果てに死があるのだった。死には生が衰えた結果としての死、そして生の真っ只中に突如訪れる過激な死があった。死は強烈に生と対比された。が、日常、死に近く感じられたものとして、町をうろつく浮浪者や狂人の姿があった。それは社会の急激な変動に伴う精神の死だった。

私が成長する頃は、もはや疎開者の群れなす中城御殿跡の空き地のテント村も消えうせ、夥しい死傷者を出した十数年前の激戦の痕跡も、破壊された中城御殿の石垣とか、園比屋武御嶽から弁財天堂に続く坂の中腹にくり貫かれた帝国陸軍司令部の壕とか、焼き焦がれた赤木の折れた枝とか、あるいは首里高校の向かいの玉陵の脇から坂を下った一中健児之塔を除いて、さして見られなくなっていた。と言っては語弊があろう。もとより私には戦争がわからなかったのだ。

気づいたのは、断絶された歴史文化の感覚だった。端緒の違う瓦屋根とコンクリートの異質な同居。それに瓦屋根の家にすら住めない人たち。着物に洋服。ウチナー方言で話す人たち。日本語しか話さない人たち。テレビはポパイにディズニー。上品で優雅な人たちの側を荒っぽい言葉使いの粗野な人たちが通る。巌の裂け目や、水処の拝所、円覚寺や、園比屋武御嶽の前で人目を憚らずに座ってお香を焚き、何やら熱烈に拝む女たち。その人たちを横目に、日曜になるとおめかしをして教会に行く人たち。それらがごった混ぜになって一つの町を形成していた。何かがおかしかった。私にはこの町が文化果つる僻地であるのか、それともある強い力が加わって歪んだ空間であるのか、分からなかった。

そして破綻した人生。朝、登校すると、ありったけのぼろきれを纏い、縄で結わえてだるまさんになった老婆が教室で寝ていた。皆が集まると歯の抜けた口をくちゃくちゃさせて、破れこうもり傘をさしてのそのそ出て行った。この老婆とはよく往来であった。どこで寝て、何を食べているのだろう。病気にはならないのだろうか。自分たちがそのような真似をすれば忽ちのうちに病原菌の餌食となるだろう。老婆は病原菌と親しく共存して人間の不思議な可能性を示唆していた。

コージローという青年がいた。丸坊主で頬骨が張り出し、目鼻立ちの鋭い、薄い口ひげの伸びた二十代半ばの男だった。戦時中、あるいは終戦直後、どのような作業に従事していたのか、民家の裏に回って空き缶だけを探していた。集めた缶がけたたましい音を立てるに任せて、ズタ袋を引きずって歩くのを、私たちは面白がって後をつけ、子供の残虐性に目覚めて、「コージロー、フイフイ」と叫び、振り返った彼に石を投げつけるのだった。

コージローは当之蔵公民館に下りる坂の右手の、戸板や壁板がはずれかけた茅葺き屋根の家に老いた母親と共に住んでいた。集められた缶は生計に資しているはずだったが、私たちは家の前に陣取って、コージローが山と積もった空き缶を前にして、母親に罵られるのを聞いた。もっと集めて来いと言うのか、こんなに集めてどうすると叱られているのか、私には判断がつかなかった。老婆は集まった空き缶を袋に詰めて、どこかへ売りに行くか捨てに行くかしていた。

しばらくして、家先に竹や板を組み合わせた檻が作られていて、その中にコージローが幽閉されているのを見た。じっとうずくまっていたが、私が近づくと憤怒の言葉ならぬ声を上げて檻にしがみついたので、私は激しい恐怖と不快感を覚えて、慌ててその場を去った。彼の、人間でありながら動物的な姿態が、一種の人生の困惑として脳裏に刻まれた。

少年時の一般的特徴は、自分と他人との内部の世界の違いに気づかないことだが、これほど強烈に自他の差を物語るものはなかった。コージローは私の世界とはまったく違う認識の世界の住人だった。コージローが黙って座っている時、その精悍な顔立ちから、将校が木陰に休んで、戦略を練っている風にすら見えたのに、彼が見る世界と私たちが見る世界とはまるで架ける橋がないようであった。そして他の人たちと世界を共有できないという意味の社会的制裁が彼を取り囲んでいた。しかも、私の見た範囲内では、その社会的制裁は、いつ課されたか知らない空き缶集めという作業をいつまでもいつまでも忠実に遵守していたことにあった。

それからずっと経った、その檻もなくなってコージローのことも忘れ去られたある日、東の汀良町にある首里中学校近くに住む友人の家を訪ねた時のことである。野原を駆け巡る闊達な少年の家の軒先で、きゅうりの馳走に与った後、欠けた歯をむき出して笑う彼の誘いに応じて、裏山の弁ケ嶽の探検に出かけた。

古い瓦屋根や茅葺き屋根が重たげに住宅そのものを押しつぶしている民家の間を縫って、白い石肌があちこち突起して蹴つまずきそうになる路地を抜けると、夏の強い日差しに応変したススキやら草むらの乾いた匂いが私の感覚を刺激した。枯れ草が手を差し伸べて触るのを身をよじって避けながら、草むらの間を器用にくぐり抜ける友人の後を必死になって追いかけて行くと、丘の頂きに裸地の混じった草原が広がった。

私と友人は拾った枯れ木で、剣のような草のうなじを打ちつけて気勢を上げた。南国の強い日照りが子供の元気に拮抗し、その交わった部分が汗となって肌から吹き出た。

丘を下って低地から次の丘陵を目指し、三つ目の丘に来たとき、

「おもしろいものがあるよ」と、歯を剥き出しにして、愛嬌一杯に友人が言った。私たちは丘を

斜めに下って、低地にぽつんと立つ、小さいコンクリートの四角い建物を見出した。

はじめは便所かと思われた建物には上部に小窓がついていたが、子供の丈には届かなかった。私たちは後ろに回った。角を曲がった瞬間、人の気配と異臭がして私の動く手足に電流が走った。

格子の中にコージローを見出したとき、私にはすでに直面する覚悟ができていた。薄汚れたコンクリートの箱の中に、あのコージローの、いつまでも敗戦を知らない日本兵の、人を突き刺すような視線が光った。今でも老いた母親が差し入れに来るのか、青年の精悍さを保ったまま、コンクリートの箱に充満する真夏の太陽の熱に燻られながら、油膜に肌を被われて、呼吸も荒く、コージローはそこに棲息していたのである。

第二部

神崎と朝堅

小学校の三年生ともなると、新しい環境や人間関係に戸惑いを覚えていた一、二年生と違って、誰それはどうという、お互いの対応の仕方が定まってくる。ちょうど、掻き混ぜられて流動する固体のごったまぜが、緩やかに速度を落として沈殿するにつれて全体の模様が定まるように。

私はというと、PTA会長の息子という役柄だった。毎年秋になると私は父に伴われて、各地の小学校の運動会に行った。来賓席にちょこんと座って、同じ年頃の少年少女たちの演技を見た。彼らは行進の際、来賓席の前を通り、何者かと私を一瞥していったことが私の自意識を高めた。政治家とか会社の社長とか、世の中の偉い人たちを知らない年頃なので、どの学校に行っても校長先生と親しく挨拶を交わす父を晴れがましく見た。父は鍔広の白いパナマ帽を被り、開襟シャツに胸を開けて、扇子を仰いで他校の子供たちをにこにこ見ていた。

父は那覇の子供博物館に事務所を持つ沖縄ＰＴＡ連合会に勤め、バス通勤をしていたが、黒塗りのワゴンが迎えに来たりもした。生真面目な人柄だったにも拘わらず、突然茶目っ気を出して、人を驚かせたりもした。ピクニックで行楽地に行くと、高台に上り、白鳥の湖だよと言って片足で立ち、両手を前後に広げてアラベスクのポーズを取ったりした。

「お父ちゃん、やめて。恥かしいよ」と言う私の声や失笑する人の視線を無視して、バランスが取れなくなるまでポーズを取りつづけるのだった。今ではポルノ館と化してしまったけれど、当時は文化の殿堂だった首里劇場で催された母のバレエ発表会では、貫禄を出してやたらうなずく王様の役や、黒い翼を大きく広げて白鳥を威嚇する悪魔の役で特別出演し、その芸人ぶりを大いに発揮していた。

その頃、私には二人の友人が出来ていた。マー坊は教育関係の要職にある父を持った、古風な家柄の子だった。イッチャンは古都の老舗の酒屋の息子だったが、美人の母親には子供ながらにうっとりした。マー坊は健康的な色黒の美少年であり、イッチャンは切れ長の美しい眼をした、色白の美少年だった。

私たちの趣味は切手収集だった。休み時間に、あるいは放課後、でこぼこの机を囲んで、集めた切手を陳列し、批評しあって、満足げに各々のケースに収めるのだった。皆の切手帳の第一ページに重々しく出て来るのは、大きなサイズの歌麿の切手だとか、天の橋立てだとか、琉球新報の創立何周年かの切手であったが、なかんずくマー坊と私の持つ三角切手にはご満悦だった。三角の切手が封筒に貼られている等見たこともないが、私とマー坊は形が崩れないようにパラフィンできれいに包み、透かして見ると図柄は神秘的になった。

私たちはお互いの家を行き交って、切手以外にもビー玉や漫画本などの各々の財産を点検する喜びを覚えたが、いつもふっくらと焼きあがった、醤油で味付けされた米菓子を馳走する母親のいるマー坊の家に行くのは格別の楽しみだった。

マー坊の家は琉球大学の下、万松院を過ぎた閑静な住宅街にあった。左手に少し奥まって、重厚な石門があった。見事に膨れ上がる石畳が内隠しを迂回して、簡素な沖縄古風の外廊のある屋敷に導いた。私たち三人はまず、縁側に陣取って持ち合ったものを見せ合った後、マー坊の母親に揚がったばかりの米菓子を勧められて、居間に入り込み、座布団の上に畏まって正座して、馳走に与るのだった。さほど大きくもない屋敷だったが、蝉のかしましくすがる防風林に囲まれて、その午後の時間がゆったりと流れているのだった。

ある日、いつもの会合に一人の友人が加わった。神崎という名の、色白で長身の、目鼻立ちのすっきりした少年だった。一月前に転校して来たばかりであったが、次のような自己紹介がすでに私たちを驚かせていた。

「神崎です。僕にはお父さん、お母さんがいません。よろしくお願いします」

よく覚えていないが、もっと長く喋ったと思う。クラスの女の子たちは一人泣き、二人泣き、ついに全員がうつむいて目を真っ赤にしていた。世の中には私たちの意識をはるかに凌駕し、いとも簡単に私たちの心に侵入しうる人物がいることを、この時初めて知った。

さて、私たちは例によって切手を取り出し、先週の収集の成果を競うのだった。まず、神崎に例の三角切手やら他の格調高い切手を自慢した後、日に黄ばんだ畳の上に新しい切手が並べられた。さほど目ぼしいものもなく、お互いに持っているのも多かったから、つまらない午後であった。日差しが弱くなったのをきっかけに私たちは並べた切手を切手帳に戻しかけて、自慢の三角切手が紛失しているのに気づいた。

「僕のもない」とマー坊が叫んだ。

畳の縁にでも落っこちたのかと思って定規で縁を掘りくじった。神崎は進んで手伝ってくれた。私とマー坊が、そこにいた他の二人の友人を疑う言辞を発したかどうかは覚えていない。私は失望し、不快になって家路に着いた。

翌日、学校に行くと、マー坊が今まで見たこともないような顔をしていた。窓際に人垣が出来ていて、覗くと神崎が私たちの切手を級友に見せびらかしているのだった。気の抜けた、変な抗議を私はしたと思う。神崎は自分の物だと言い張った。取り巻いている級友たちだって、私たちの三角切手は見ているはずなのに、神崎の妙な自信と圧力に気押されて、私たちはろくにモノも言えなかった。

少年時における他人の強烈なイメージが、後年の社会観に及ぼす影響は大きい。それは主観的な色彩が濃いので、往々にして精神の自由を信ずる若い人はこのような影響の大きさに束縛されることを嫌って、新しい現実を白紙の精神で求めるが、同じ状況、同じ現実にぶつかって失望することがよくあるものだ。

そのような時、私たちは失望の理由が、私たちの主観的な内部にあるのか、客観的な、法則と名づけてもよい外部にあるのか判断に迷うものだ。

学級は小学生にとって唯一の社会である。授業はさして面白くなかった。個性の類似性と補完性によって友達の輪があちこちに出来ていた。中でも一群の少年たちは奇妙な共通性を持って、休み時間のつど、教室の片隅に陣取っていた。彼らは一様に目に険を宿し、肉体の暴発をつらかせ、そして彼らの周りには目に見えない、顔を背けさせるようなバリケードが立ち、こちら側に対峙していた。

彼らの共通性とは、周りに対する過度の、外圧的な緊張、すなわち「敵意」だった。

恐ろしい少年がその中央にいた。名を朝堅と言った。ひときわ大柄の体にいがぐり頭と厚ぼったい唇は人を威嚇するのに十分だったが、あの目の脅威は格別だった。睫毛が暗く、目の周りを覆っていたが、赤い筋が睫毛の内側に張り付いていた。朝堅に睨まれると、先生方といえども、身震いしたのだった。

休み時間のつど、一人一人が教室の片隅に呼ばれるのだった。朝堅は壁に椅子をもたらせてどっしりと座っていた。取り巻きの子分が二人して、犠牲となる羊の腕を取り押さえるのだった。弱い子には、小さくて弱いくせに粋がった、狐面した兵隊が、精一杯の平手打ちを加えて彼らに対する忠誠を誓わせるのだった。大柄な少年を相手にする時には狐面の小兵だと、一人でいるときに仕返しされる恐れがあるので、二番格の三郎がその相手をするのだった。三郎は朝堅と違って愛嬌のある男だったが、ふとした加減で凶暴になった。教室の後ろで三郎の鉄拳が、気のいい太った友人や、大柄の友人の腹部に炸裂するのを、私たちは振り向きもできずに聞いた。恐怖が学習された。

クラスの男生徒は彼らと同じほどに世の中を憎んでいないという理由で、彼らの怒りのはけ口と、威嚇の対象となった。不思議に呼ばれない男子も何人かいた。坊ちゃん風な少年たちがそうだったが、私もその頃はかろうじてそういう風に見えたから、制裁は免れてきたのに、ある日突然に呼び出しが来た。

私は何事もないかのように供の者に従った。教室の隅に向かいながら、両隣の席の級友たちの見て見ぬ振りをするのが分かった。三郎がニコニコ笑って迎えた。かつて私の父が、家に靴紐を売りに来た三郎を「感心だね」と誉めて靴紐を買ってくれたことがあって、三郎はいつも私に好意を示した。

「おまえのお父さん、いいお父さんだなあ。いつも家にいるんだろう」思い出してはそう言っていた三郎がいる以上、どうってことはないはずだった。

まず小兵の罵声でお仕置きが始まった。何を罵られているのか理解できなかった。私の服装が悪いのか、態度が悪いのか、頭が悪いのか、家庭が悪いのか、狐少年は憎しみを篭めて罵った。やがて朝堅が壁に寄りかかった椅子から大儀そうに腰を上げて、私の前に立ちはだかった。彼の深い憎しみの篭った目が、私の目の前にあった。私は正視できずに目を伏せた。

信頼しているはずの三郎が、「シマンヤー（すまんな）」と微笑みながら私の後ろに回りこみ、手を上げた私の両脇に太い腕を差込み、首筋で両手を固く結んだ。両腕を取られて、うな垂れる私は十字架上の姿となった。

生まれて初めて食らうゲンコツの味はなかなか忘れられるものではない。顔の半面がフワーッと熱くなったかと思うと、ほほ骨がみるみるうちに膨れ上がり、過敏な神経の鼓動が異常を告げる太鼓のように連打されるのだったが、それは朝堅の腕力にしてはずい分、力を加減した拳であったにちがいない。私は故知らぬ、私の罪の代償として、朝堅の制裁を受けたのだった。私の気の弱さがそのことをどこかで肯っていた。

やがて三郎に縛められた両の腕が解放される際に、ふと見上げた朝堅の赤みを帯びた目になぜか深い、悲しみが湛えられていると見たのは、私の心の投射であろうか。


首里の町は土地柄、良家の子弟も多かったが、世相を反映して家庭を破壊された子供たちも多かった。石嶺には児童園があって戦争で孤児になった子供たちが収容されていた。きび畑と石っころ道の打ち続く石嶺地域は私たちの小学校の区域に入っていなかったので、児童園の生徒はいなかったが、母子家庭の子とか、働き手に不自由のある家庭とかの、経済的、精神的に痛みのある子供たちが多かったのだ。

朝堅も三郎もそのような子供たちだった。朝堅の持て余される膂力と針山のようなイガグリ頭と、泣き伏して涙が枯れた後は怒り出したような目はどんな相手をも威嚇した。

しかし一人の者を除いて。

謎の転校生、神崎は格別派手に振舞うわけでもないのに、学校においてある地盤を築き上げていた。女性に優しかったと思う。彼の周りで女生徒がシンとなった。

長身で端正な顔。スマートな身ごなし。神崎は全ての点で私たちを凌駕し、私たちを圧倒した。

一つ、彼に対して苦言を呈すると、転校して来た日に、彼は孤児だと言ったが、その週か翌週には父親が職員室に現れた。短足にえらく頭が大きくて、黒ぶちのメガネをかけていた。神崎とは似ても似つかなかった。旅の芸人だという噂がすぐに伝わった。

皆の注目を集めたにも拘わらず、神崎は二学期になるとさっさと他の学校に去って行った。そして四年生になると又、戻ってきたのだ。

「神崎が戻《むど》ちちゅーうんどう（戻ってくるぞ）」という伝令が各クラスを駆け巡った。今度は別のクラスだった。

小学校の長い廊下は子供たちの歓声が反響していた。授業中に耐えに耐えられた躍動するエネルギーが、休み時間に、あちこちで発散されていた。男の子の集団が突風のように駆け抜けて行った。女の子たちのお喋りが三々五々と姦しく競い合っていた。活力のあり余る者が、体の触れ合いにせよ、お喋りにせよ、おとなしい者を圧倒していた。圧倒される者はまくし立てられても、腕を捻じ曲げられても、そこには本人にも解せない受身の享楽があって、不満や不安が残るようではなかった。弱肉強食の露骨な世界も、和気あいあいとした雰囲気に包まれていた。

四年五組の教室の一角には、しかし他の教室とは違う、慄然とした空気が流れていた。男子は青ざめ、女子は恐怖と不快感でうつ伏せていた。クラスの大半が居たたまれなくなって、教室の外に出て行った。

朝堅や三郎にやられているのは徳二だった。徳二は低学年の頃から一回りも大きかった。スポーツマンで、四年生になったばかりなのに、五、六年生を抑えて小学校野球部のピッチャーをしていた。高い肩から振り落とされるボールは球威があった。大声で話をするが朴訥で、あちこちひっかかりながら喋った。太い八の字に垂れた眉と大きい丸い目は人の良さを表していた。

その日のことではないが、徳二は女子に悪さをする狐少年を咎めたらしい。狐少年は毒舌を吐いて徳二を真っ赤に怒らせた。殴られた狐少年は親分へ報復を依頼した。徳二は朝堅に目をつけられた。

朝堅の徳二に対する制裁は熾烈を極めた。拳固の炸裂する音は、私たちが今まで聞きなれた、手加減されたものではなかった。ビシッ、ビシッと徳二の大柄な体に食い入る鉄拳は、そのまま近くの私たちの心と体に食い入った。狐少年が何か喚いていた。徳二はうつむきになってかろうじて壁に凭れて立っていたが、このままでは徳二の頑強な骨格にもヒビが入るかと思われた。

やがて誰が呼びに行ったのか、神崎が現れた。朝堅は胡散臭そうに神崎を見た。朝堅は出入口に近い教室の隅にいて、神崎は廊下にいた。朝堅の血走った目と神崎の澄み切った目とが、激しく静かに交差した。神崎が何かを言い、やにわに上着を取った。ランニングシャツの上半身が露わになった。背丈はあるが、色白の体は決して頑強ではなかった。

このままぶつかれば神崎は朝堅の膂力の前にいとも簡単に破壊されてしまうのは目に見えてい

た。そこでおとなしくしておけばいいものを、でしゃばったことをしたばかりに、今まで博した人気も、神秘感もすべて崩壊して、皆の失笑を買い、屈辱に耐える日々を送るようになるだろう。あの、女の子たちがうっとりとなるような、遠くを見つめがちな、崇高な眼差しに私たちと同じ怯えの色が射し、私たち羊の群れの仲間入りをするだろう。その際は、どんな顔をして彼を迎え入れたらよいのだろう。

ところが戦意を喪失したのは朝堅の方であった。どういう化学変化が起こったのか、朝堅の顔にへつらいの笑みが浮かんだのである。思いもかけぬ朝堅の笑み。朝堅のへつらい。朝堅は照れくさそうに教室を出た。三郎と狐少年が後を追った。

神崎は静かに後を見送った。脱ぎ捨てた上着を取って着て、ゆっくりと自分の教室に戻った。始業のベルが鳴り渡り、私たちや痛めつけられた徳二は各々の机に戻った。朝堅たちは教室に戻らなかった。

神崎は学年のスーパースタアになった。この一件があって以来、神崎はますます静かに振舞っていたが、悪童共は影をひそめ、神崎の存在は隠然たるものになった。

腕力すなわち支配という構図に慣らされていた私たちは、この新しい僭主の対応に戸惑った。

神崎は私たち一人一人の個性に敬意を払うようですらあった。女性には親切で、気づいたときにはすぐに手を差し伸べてやり、放課後の掃除も怠けなかった。年に何回かある学校全体の大掃除でも率先して立ち回っていた。先生方にも慇懃に振舞っていた。力があって優しい神崎は年端のいかない私たちの間で、男の模範を示していた。—それも私たちが何か気恥ずかしくなるような模範。学年にはようやく民主主義の花が咲いたようであったが、神崎の私たちとは違う何かが決定的な違和感を醸していた。嫉妬からか、恐怖からか、私たちは彼の陰口を言い合った。

授業が終わって、帰ろうとする私に神崎が話し掛けた。ラジオ放送に出演しないかと言うのである。ラジオ局とどういうツテがあるのか、何かの物語を小学生三人で朗読するのだと言う。物怖じする私であったが、拒否することは出来なかった。家に帰って父に言うと、それはとても良いことだと勧めた。私のほかにマー坊が選ばれた。

ミーニシ（北風）が吹いて寒い日曜日だった。ラジオ局に行っても恥ずかしくないようにとの配慮から、新調の格子模様の背広と半ズボンを着せられて学校に行った。新しいコンクリートの校舎の教室は悉く閉められて、風が吹きすさぶ廊下でマー坊はすでに待っていた。私たちはポケットに手を突っ込み、ほっぺたを赤くしてしばらくそこに立っていた。

神崎が来た。私たちは龍潭脇の学校から家に引き返すように当之蔵大通りを通って、東の弁ヶ嶽のある鳥堀町に上がった。そこから与那原に至る道を少し下って、一軒の茅葺きの家に入った。

細長い土間に六畳の座敷があった。黒ぶちのメガネをかけた父親が、「よく来たね」と言った。

朗読の原稿が渡された。内容は忘れた、子供向きの物語の一人あたり五、六ページの原稿だった。二、三回練習した後、録音にかかった。大型のテープレコーダーのテープが回された。二人は読んだ。親子ラジオで放送されると説明を受けた。真四角な親子ラジオが土間の上の棚に食器と一緒に並んでいた。録音が再生されると、語調のはっきりしない、呟くような私の声が流れた。恥ずかしさに腰が浮いた。神崎の父親は「よし」と言った。


次の神崎の誘いは少年探偵団の団員になるということだった。私たちは社会正義のために尽くすべきだと彼は語った。そのためには世の中に跋扈する悪人供の巣窟を探索して、証拠物件を発見して、悪人共と戦うことはできないにせよ、警察に通報すべきだと語った。趣旨は理解できたが、あまり乗り気にならなかった。しかし拒否することはできなかった。地面を叩き風力で翻して遊ぶパッチー（面子）に白い紙を糊した団員証が渡された。

こうして神崎は私の親分になった。私のほかに十名近い者が団員にさせられた。親友のイッチャンもマー坊もその中にいた。

放課後になると神崎の使いのトモコが呼びに来た。トモコは、三年生の時に、私の嫁になると言ってよく周りにいたが、いつのまにか神崎に惚れてしまった不貞の少女だった。色気のない頃なので、うるさいのがいなくなったに過ぎなかったが、こうして神崎に服従する身になると、トモコの心変わりが面白くなかった。

さて、集まった私たちはよく晴れた午後の首里の町を東西南北と事件の臭いをかいで歩き回るのだった。

野牛の背のような丘陵になった首里の町は遥か遠く西の北京に向かってこうべを垂れ、東に弁ケ嶽が尻尾を立てている。

小学校を出ると右手には雑木林に囲まれた龍潭が緑色にどんより染まった古い水を湛えている。池に沿って東西に当之蔵大通りが走っている。

その西に向かうと山城饅頭屋の手前で道は急に下り坂になり、首里高校の正門に出る。そこで道はすこし憩い、眼下に那覇市が開ける。そこから下は首里坂下と呼ばれ、紆余曲折しながら那覇の町に下りていく。

小学校から南の守礼門へ上がり唐破風の園比屋武御嶽を大学に沿って下ると、戦火に耐えた赤木が白く焼き焦がれて、腕をへし折られながらも何とか命脈を保っている。

南部を遠望する琉球大学を頂点とした野牛の背の左側は削り取られたように急斜面になっていた。琉球大学正門（現在の再建された首里城の西口）から、裏通りを南に下ると樹木が鬱蒼と茂り、そこでも枯れた赤木に石を投げればコーンと辺りにこだまする閑静な峠道である。それは泡盛瑞泉などの酒造村である三箇《さんか》に続いていた。泡盛の原料となるモロミの臭いがいつもしていた。

守礼門の近くにはススキに覆われた記念運動場や、管理が行き届かず雑草に埋もれた玉陵《たまうどうん》が横たわっていた。

玉陵の脇には洞穴に似た坂道が下り、中腹の横道にある一中健児之塔に出るルートが探索に格別であった。厚ぼったい葉が日に鈍く光る、チュラフクギの並木に迎え入れられると、左手に森を四角く切り取った空間が二段、芝生や雑草に敷き詰められて開けている。下段には建物の土台の跡があって、ここは昔何かの敷地だったことが分かる。

階段を上ると、長方形の広場が垂れ下がる植物群の壮麗な滝に囲まれている。広場の正面には、大戦に参加した一中健児らの焦げた黒い銅像が悲痛な沈黙を保っている。その後ろは大きな岩礁で、実はここは玉陵の真後ろの崖の下だ。さまざまな広葉樹の集落にしなだれたビロウやシュロの長い葉が覆い被さっている。その他のさまざまな植物がひしめき合い、我先に顔を出して興味深げに広場を見下ろしている。

自然の森の中に人工的に切り開かれた空間は、迷い込んだ動物をはっとさせる恐れ多い雰囲気を醸しているものだ。そのように、植物群はこの空間にすみやかにその座を譲って退き、慰霊という人間の営為を見守っている。辺りは静かで、しばらくいると蝉が鳴かずとも不思議な耳鳴りがしてくる。大空からカラスの鳴き声が降って来る。

当之蔵の丘から北に下りた桃原大通りと儀保大通りの間には上流から那覇に向かって流れる深い溝のせせらぎがあった。路地にかかった石橋から見下ろすと、岸辺に溢れた亜熱帯樹の噴水のように折れなす長い刃先が、渦を巻く川原の小石に丹念に顔をなすりつけており、段違いの川底から落水を受けて、湧きあがる霞が上空を覆ったそこだけが、時代に取り残されているふうだった。

他の団員はいざ知らず、学校から歩いて五分と離れていない所に家のある私にとって、これだけの道のりを歩くのは冒険だった。一人では決して行けない道を、私たちは神崎を先頭に歩くのだった。歩くことによって私の世界は広がった。私たちは拾い物をするように歩いた。

今まで無関心であった外の世界へおっかなびっくり踏み出したのだった。すると町は今までのような目的地までひたすら歩く路傍の石の風情から、見る意志に積極的に働きかけられて、私たちに呼応する表情になった。意識もされなかった池淵の欄干も私たちにコンコン叩かれて、元気な反応を示した。崩れかかった石垣の間隙も、みみずを宿しているのか、ハブを宿しているのか分からなかった。道にこぼれたガラスビンの破片は日に反射して、そこらへんの草むらと一緒に風景の一部になっていた。

私たちはせわしく折れ曲がる路地から人家の庭先に入り込んで、家人の不審を買うのだった。風体の悪い、怪しげな人物に会うと、しばらく後をつけたが、隊を成すのははなはだ都合が悪かった。ギロリと光る、振り向いたおじさんの視線を浴びて、ただちに横道に逸れるのだった。

隣町の情景は珍しく、そこでは私の町とはまったく違う生活が営まれている感じがしたが、通りかかった一軒の家の戸がガラリと開いて、同級生の女の子が下駄をつっかけて出てきたのには興を失った。

やがて下校する丸坊主の中学生の姿が道にめだって、一群のにぎやかな少年たちに出くわすと、私たちは下を向いて、そっと脇に逸れて道を譲った。反対側からは長髪の高校生が帰途に就いていた。私たちは概して、高校生のお兄さん、お姉さんたちが大人しく、甘えられるのを知っているから、挨拶を交わして、「お兄ちゃん、ハンサムだねえ」とかおちょくったりした。

拾った棒で垣根や地面を叩きながら、私たちは歩くのだった。

「ぼ、ぼ、僕らは少年探偵団」

誰ともなく歌い始めて皆が和したが、思わず出た自分の声に気恥ずかしさを覚えてすぐに声は消えるのだった。

傾きかけた太陽の下、勤め人の大半を那覇の街に送り出した首里の町は静かで、事件の起きる気配は一向になかった。やがて勤め人が大挙してバスに乗ってこの町に帰ってきて、町は一時の活況を呈するだろう。そしてその後は、どの家庭を覗いても、台所でコトコト音を立てて準備されている料理が整って、一家団欒の夕餉が始まるはずだった。その前に私たちも帰らねばならない。二時間ほど歩いた私たちは帰途に就くのだった。

翌日も同じ事をするのだった。しかし今度は神崎は本隊を指揮して、私の別働隊は自分たちで行動せねばならなかった。神崎の隊は東の弁ヶ嶽や首里中学校近辺に行き、私たちの隊は西の山川町に向かった。

すぐに分かったことだが、神崎のいない、私を含めて四人の探偵団は事件を捜す情熱に欠けていた。

私たちは首里の丘が西に尽きる山川町のバプテスト教会と市営プールの上の小高い巌に登って、首里高校付近を眺めていた。つとに二人は途中で抜け出していた。私と私に忠実なNが事件を捜しくたびれて、丘の上で骨休みをしているのだった。

遠くには沖縄の玄関、那覇の街が広がっていた。風がそよと吹いていた。沖には黒い船舶が白煙を吐いて、那覇の港から鹿児島へ向かって出航していた。そして向こうの丘では高校生が勉学に励んでいた。やがて訪れる彼ら自身の出港のために。

のんきに浮かぶ雲のような慶良間諸島が沖合いに見える。長らく私は慶良間諸島が話しに聞く本土だと思っていた。本土には侍がいると思っていた。いつの日か、出かけていく所だった。それまでに私は自分を鍛えておかねばならない。

草木が奔放に繁っていて、掻き分ける道は狭かった。教会の十字架の下、草むらの中からいきなり男女が立ち上がった。私たちを恨めしそうに見て、立ち去った。

「ヌーソータガヤー（何してたんだろうか）」Nが聞いた。

辺りの赤い熱気は草いきれだけによるものではなかった。

「うん。怪しいな」

「チャースガ（どうする）」とNが聞いた。

「シムサ（ほっとけ）」

私には追いかける気は毛頭なかった。

事件は私の捜し求める物ではなかった。事件を見つけて警察に届けると表彰されるはずであったが、その間の困難を私は想定していなかった。通報といっても、事件を目撃して、それから交番に走っていくとしても、大人の足にすぐ追いつかれて、悲惨な目に会うやも知れなかった。

私はため息をついた。事件は私の捜し求めるものではなかった。私の捜し求めるものは、―私には分からなかった。丘に立てられた教会の十字架が無言で西日に輝いていた。

一時間ほどして私は神崎に言われたままに忠実に学校に帰って、後から帰ってきた本隊の神崎に報告するのだった。

翌日も同じ事をするのだった。しかし、神崎と分かれると、すぐに二人抜けた。翌々日は三人抜けて、私一人になった。帰って報告すると神崎は怒った。おまけに団員証もポケットから紛失していた。

「捜して来い」と神崎は言った。

私は今日歩いた道を凝視しながら引き返した。団員証は見つからなかった。日が暮れ始めたので、とって返した。

神崎に何と言おうかと必死になって考えた。小学校の門は閉まっていた。門の向こうに神崎は私を待っているのかも知れない。しかし、もうどうでも良かった。皆はとっくに帰って、家族団欒の食卓に就いている時間だった。私は一人世の中に取り残された心細さに駆られて、夕闇の中を走り出した。

翌日、私は神崎に呼ばれた。二人は龍潭の岸辺を歩いた。

池の表面には逆さまになった中城御殿の石垣や醤油屋や青空が映っていた。二人は池に面した岸辺の石畳を歩かず、鬱蒼とした樹木に覆われた起伏のある斜面を好んで歩いていた。石畳は、大人の道で、私たちには向かなかった。少年探偵団は人の通りそうもない山路を歩くべきなのである。

それでも大学生らしいアベックにあった。いつか、大きな赤木にもたれた若い男女が口づけをしているのに出くわしたことがある。艶かしさに胸が高鳴った。不可解な感じもした。口づけはテレビで観たことがあり、それは必ずアメリカの番組だった。口づけするのはアメリカ人だけだと思っていたからである。

龍潭は、大人の雰囲気があり、大人の場所だった。釣りをするのは大人だけではなかったが、ひねもす釣り糸を垂れているのは大人だったし、それを見る散歩の人も大人だった。このように子供にとって平日歩きにくい龍潭も、神崎と歩くと、神崎の大人が作用して、いつもの龍潭が趣きを変えていた。

神崎は確かに難しいことを言っていた。私が忠実で有能な部下でないのに腹を立てて、その代償を要求していた。私は家から金銭かそれに代わるものを取ってこなければならなかった。困ったことになったと思った。このように精神的な支配を要求する者は厳格な父を除いて初めてだった。私のどんな言辞も彼の前ではあっさりと無駄口に帰した。彼の言葉に比べると私の言葉は幼稚だった。神崎は決して饒舌ではなかったが、所を得た文句で私の頭を翻弄した。私にはもはや逆らうことが出来なかった。

同じ年齢ではあったが、神崎は私の知らない海や山や町や村を知っていた。もはや頭の中の世界が違い、したがって考え方も違うはずだった。那覇にもろくに下りたことがなく、首里の町も学校と家の近辺だけしか知らなかったので、神崎の前で私の存在は小さいものになった。

神崎は、私の本質からして、何か違うものを象徴していた。考えてみれば、神崎は朝堅たちの類型だった。親友のイッチャンやマー坊とは決定的に違っていた。そして私たちにない、或る長けた何かで、私たちに優越していた。それは朝堅たちから受けるのとは違う恐怖を与えた。一方は暴力で、一方は知識と才覚で、私たちを支配しようとしていた。ともに、私たちにない能力で、脅しにかかったのだった。

はみ出る枝葉が行く手を塞ぎ、私たちに石畳の歩道に降りることを余儀なくしても、すぐにまた土手に上がったりして、次第に狭まる池のほとりを奥まで行くと、石造りの水門にぶつかる。右横の石段を上ると、ハスに覆われた円鑑池のまん中に、主人を失った四角い敷地が石垣に支えられて踏ん張っていた。意味ありげな土台だったが、その上には丈の高いススキが繁茂するだけだった。

「あれは何」と神崎が問うた。

「おてらのあとみたい」と私は答えた。

この辺で遊びまわっていた私だが、それ以上のことは知らなかった。学問、芸術の守護神である、赤瓦屋根に板塀の弁財天堂が再建されたのはその後である。

振り返って龍潭を見ると、池は爬虫類のように曲がりくねって、向こう側に広がっていたので、角々の石畳の歩道と、その上の滝木や草に覆われた土手は、それぞれ独立した島々が連なっているようだった。池に迫り出した滝木が水面に影を落とし、風が止んで漣が止まると、影はくっきりと滝木の姿になった。

正面遠方には、堀を挟んで、石垣とそれに連なる醤油屋と、その前の大通りを歩く人や自転車に乗る人の姿が、大きな入道雲と青空と共に、上下、二つの世界に在った。池の水の色は土砂と植物の混入で鈍い緑色をしていた。龍潭の水は長い間、浚渫されず、戦後の澱みを累積していた。

龍淵橋の付近は琉球大学男子寮の裏手になるのだが、アカバナー（ハイビスカス）が一杯咲いていた。黄色い花粉のついた中の芯を抜き出して、ちゅうと吸うと、甘い汁がおいしかった。私たちは一本ずつ取って吸った。

アカバナーの芯をくわえながら神崎はあたりを見回した。昼間であるのに、人影はなく山奥のようにしんとしていた。敏感な神崎に変化が起きていた。神崎は、私の行かないあちらこちらを良く知っていたのだが、小学校のすぐふもとにある、この辺にはあまり来たことがないようであった。よしんば来ていたにせよ、私とはなじみ方が違った。それで私が案内する形になった。何を言うわけでもないが、神崎が立ち止まって、何かに見入ると、私の視線もその方向に向けられた。こうして二人の波長が、たとえ一瞬一瞬の間でも同調し始めた。神崎は日常生活とは異なる何かを、周りから感じ取っているらしかった。

人通りのある琉球大学の方に向かって、不揃いになった老人の歯の様な石の坂を登りかけると右手に、滑らかな肌のさるすべりの木や、ざらざらな木肌の赤木や、他の樹木にも手を伸ばす横着なガジュマルの木々の陰に、石畳や周囲の石造りに比して新しい、コンクリートの口が見えた。口はぽっかり開いていたが、その前に、四、五本のガジュマルの髭が互いにもつれ合ってさみだれのような支柱根を伸ばし、その一本、一本がまっすぐ垂れて着地し、自然の格子になっていた。

「あれは何」神崎が問うた。

「壕だよ」と私は答えた。

そこは、今次大戦、沖縄本島の守備に当たった牛島満中将以下が、南部に撤退するまで使用した、陸軍司令部の衛兵所壕であったが、壕である以上のことは知らなかった。

私たちは、気根の自然の格子をすり抜けて、ぽっかりと開いた壕の入り口に近寄った。ガジュマルに閉ざされた木陰は鱗状のワラビや茶褐色に腐食した木の葉で覆われ、じめじめしていた。コンクリートのひさしは横筋が入って、岩盤を横に置いたようだった。何を好んでかオオタニワタリがあちこちの横筋の切れ目に入り込んで、艶やかな厚葉が人頭のような冠根からエキスを吸い取って放射線状に開き、南国の旺盛な生命力を見せつけていた。その横には丹頂鶴のように端正な茎樹が横筋の上にすっと立って、衛兵のように私たちを見下ろしていた。

中は平坦な床で、岩のゴツゴツした自然壕でないのは明らかだった。入ってみる勇気は私にはなかった。

私は神崎が、中に入ろうと言うのを恐れたが、神崎はもっと敏感に何かを察知していた。その顔はこわばり、腕には鳥肌が立っていた。

中には何かがいるのかも知れない。何者かが、じっと目を凝らしてこちらを窺っているのではあるまいか。ハブなんて我が家の石垣にすらいたのである。あのときは前腕をポパイのようにハブ毒で腫らしたハブトゥヤーオジサンがハブを針金に引っ掛けて、ぐるぐる回して頭を石垣にぶつけて粉砕したのだった。ひょっとすると大蛇とか、それ以上のモノがいるのではないだろうか。

中からは物音一つしなかった。悪党どもの巣窟としては、打ってつけだったので、中には彼らの悪事の証拠が山ほどあるはずだったが、そうだとしても悪党どもはいつ帰ってくるやも知れなかった。

「それに落ちるかも知らんしね」私が呟いたが、神崎は反応しなかった。つい最近、落盤事故があった。園比屋武御嶽の下、小学校の脇にぽっかり穴が開いて、その中へ入った別学年の小学生二人が亡くなった。赤土が崩れ落ちたのだった。

私たちは入るのを躊躇して、壕の側に段なすガジュマルの根に助けられて坂を上がり、壕をかぶさる土の上に立った。するとさらに草深い奥に三角に盛り上がった岩盤の亀裂があった。そこまでは小さなハスの葉が密生しており、その下はスカスカの地面だと思われたが、ハブの棲息が気になって動けないでいた。岩盤の亀裂は目のように私たちを見返していた。

その目の奥には次元の違う世界が広がっている感じがした。

私は小さい頃、押し入れの闇の中で、戸板を外すと秘密の通路があって、そこから別世界が広がっている夢をよく見たが、この場合、夢見られた、楽しい世界はむしろこちら側に広がっており、亀裂の中には、夢見たあと、押し入れを開けて帰らざるを得ない、つまらない現実どころか、さらにまた耐えようもなく、重たくのしかかる現実的すぎる現実があるような感じがした。

私にとって不快に感じられたものは神崎にとって恐怖だった。神崎は顔面蒼白になって大きく身震いした。

「あああ」

神崎が頭が痛そうに両手を耳に当てると同時に私たちは壕にくるりと背を向けて、ガジュマルの根の階段を下りた。

幸い、表のガジュマルの気根の格子は魔法の木のように狭まってもいず、私たちはすり抜けてまばゆい日の下に戻り、一目散に走った。


神崎の思い出はそこで終わる。後はどうなったか覚えていない。また、どこかへ転校して行ったのだろう。しかし怖い者知らずだったはずの神崎は一体何に対してあのように反応したのだろうか。


壕の話だ。

中城御殿の、私たちがモーグワー(小森)と呼んでいた東端の敷地に沿って北に行くと、石畳の坂が下り始めたところに、安谷川御嶽がある。首里に点在する王府六嶽の一つで、神女大阿母志良礼の拝所だったそうだ。拝所の裏に抜けると、道が少し高まって、そこは洞窟の屋根になっていた。下に回ると深海魚の分厚い唇のような岩の口が薄暗く開いていた。ガジュマルなどの若木が、でっぱった岩塊の上唇にへばりついていた。

時たま、中から熱気が感じられた。この地表の亀裂に、地中の熱が吹き上がってきたかと思われるがそうではない。足場の悪い岩の段々を、背をかがめて下りていくと、やや平坦になって、天井からは鍾乳石というには武骨な、小岩の頭が連なっていた。熱が篭っているのは参拝者の無数の線香がそこで静かに燃えているからである。

なぜに洞窟が神域なのであろう。地球の表面にしか住むことを許されない私たちにとって、このような地の思いがけない亀裂は、どろどろの生命の原初を思わせるのだろうか。神は地球の内部から地上に出られたのだろうか。あるいは亀裂は肉体の恥部にも似て、地球が生き物であることを私たちに思い出させるのだろうか。そうであるとするならば、洞窟の屋根は恥丘であり、線香の熱は体熱である。

私はそこで銃弾を見つけた。鈍い金色のさわり心地の良い、私の小さな宝物になった。銃弾を見つけてまもなく夢を見た。

私は中空から寝ている私を見下ろしていた。私は私に引き寄せられて、すっと闇夜に上がった。家を出た。左手には、焼失したはずの中城御殿の屋敷が見えた。右手の小さく分割された民家も、現実の矮小さを失って、悠久の屋敷街のたたずまいとなった。闇夜は幽玄にして、かつ青く澄んでいた。足は要らなかった。私は安谷川御嶽へと急いだ。

洞窟の中には一人の老婆が後ろ向きに座っていた。私の幼い霊は不安におののいた。老婆は静かに振り向いたが、手に頭蓋骨を愛でていた。恐れ慄いた私の霊は飛んで逃げた。

渦巻

突然、世界が渦巻き始めた。不可解な世界を感知してしまって、頭が抗しきれず、内乱を起こしたのだ。今まで不動のものと信じていた現実が、不気味にジリジリと右回りに回転し始めた。すべての体の機能が狂い始めた。朝、起き上がったばかりの体は不安定によろめいた。気持ちの悪さは例えようもなかった。一瞬にして体温が下がり、ありとあらゆる毛細血管から冷や汗が噴出した。嘔吐を催した。

「目が回る。目が回るよお」

布団の乱れる床に四つんばいになって助けを求めた。

開け放たれた障子の向こう側の部屋には父がいた。母が台所から飛んできた。私は回る家に抗して必死になって母にしがみついた。母はなす術もなく私を抱いた。

前を見れば、今まで背の丈を毎年刻んできたあの、なじみ深い中柱が、限りなく転倒していった。天井を見上げると、木目の渦巻きが、にわかに生気を帯び、ぐるぐる奔流し始めた。私はたまらず母の着物の袖を強く握り締めて目を閉じた。今まで自分の物と思われた体の内部の一つ一つが、騒がしく自分勝手に動くのだった。子供の苦しみを少しでもこちら側に流して半減させようとする母の手の感触と温もりだけが命の綱だった。医者が呼ばれた。自律神経失調症であったが、なぜそうなったのか原因が掴めなかった。前夜、夏の終わりの夕涼みにと、父と一緒に那覇の町に下りた際、食べたかき氷と何かの食べ合わせが原因だろうということになった。安静を取ればよくなるだろうと診断された。

しかしこれを機会にめまいはたびたび起こった。夏休みが終わって四年生の二学期が始まったばかりなのに欠席が続いた。学校に行っても、ほんの少しの急な動作の加減でめまいに襲われ、授業は中断されて母が呼ばれた。机にうつ伏せてじっと待っていると母が来て、皆の見守る中、背中におぶさって早引きした。

食欲がなくなり、無理して食べてもすぐに戻した。あっという間に体重が落ちた。元来不均衡に頭の大きい体からふくよかさがなくなり、ますます頭でっかちのぎすぎすした姿になった。食事の間には、母がりんごを買って来て、擦られたりんご汁が私の口に含まれた。

ひねもす床に臥していて、目をあけるのは辛かった。天井の磁場の狂った木目が待ち構えたようにうねり始めるので、目をつぶったままじっとしているほか、やりようがなかった。ある木目は濁流の渦巻きとなり、ある木目は歪んだ人の顔になった。それはすぐさま夢で見た老婆の顔にもなった。慌てて別のイメージを喚起するのだが、何一つとして善意を持って語りかける模様はなかった。すべてが悪意に満ちていた。来る日も来る日も、私は脂汗をかきながら、じっと我慢してこのような天井の木目に相対していた。頭の芯はボオーっとしていた。

このようにして一月も二月も経った。一日は長かった。放課後は小学校から運動会の練習の、スピーカーで拡大された先生方や生徒代表の号令が風に運ばれて、龍潭の水面を滑って強く弱く波打ちながら聞こえてきた。皆の元気な姿が想像された。隣りで寝ている、脳膜炎にかかった、すぐ上の姉が、ときおり素っ頓狂な声を出した。

母はついに二人の病気の子供を抱えたのだった。母は那覇の繁華街にある研究所と、自宅と隣り合わせのお稽古場の二つの仕事場を、隔日ごとに掛け持っていて、首里バスに乗って那覇に出かけ、夕方戻ってきた。留守中の家はお手伝いさんのハツ姉さんに任された。学校がひける頃になると、子供たちの声でにわかに往来が賑わった。隣りの稽古場でバレエのレッスンがある時は、やがて女の子たちが集まって、しばしのざわめきの後、バレエの練習曲と母の下す、ワン、トウ、トロウ、ファという号令が聞こえてきた。それを面白がる病気の姉の突拍子もない声がそれに和した。

高熱で脳細胞が侵された姉のみどりは、赤子の知能指数を持ったまま、半身不随で横たわっていた。小さい頃は車椅子に乗ることも多かったが、私が小学校に上がる頃は殆ど寝たっきりで彼女の人生を過ごしていた。車椅子に乗るには大きくなりすぎて、母やお手伝いさんの手では持ち抱えきれなくなったのである。寝たっきりなので、後頭部は床ずれで剥げていた。

私の家には大きな赤ちゃんがいると近所の子供たちが噂していた。みどりは体は大きくなっていくけれど、いつまで経っても赤ちゃんだった。私が数ヶ月床に臥しただけで頭がぼーっとしているのに、みどりは何年も寝たっきりで頭が割れないかしらと思われた。毎日毎日天井を見上げ、そこから何を読み取るのか、泣いたり笑ったりしていた。二歳か三歳までに仕入れた外界の情報がその後、どのように変質したか知る由もないが、私がもっと小さい頃にそうしたように、鼻歌まじりのみどりは、確かに想像の世界の中で生き生きしていた。

そして外界の刺激にも十分に反応した。人の声を聞くと、声ならぬ声をあげて歓待し、音楽を聴くと喜んだ。自分の優雅に踊る姿が脳裏にあるのだろうか。車椅子に乗れる頃は稽古場まで連れて行かれて、同年の踊る少女たちにヤンヤの合わされぬ両手の喝采を送ったものなのに、大きくなった今ではそれもならず、奥の間の布団の上で隣りから聞こえてくる音楽に刺激されて、空中に浮かぶ子供たちの踊りの映像に見入っているようであった。

隣りの稽古場は私にとって何であったのか。時折、門の前の井戸に水を飲みにきた少年たちが、ブロック塀に上り、踊る女の子たちをからかうのを母が叱って、追い返す声が聞こえた。幼少時にあれほど私を魅了した稽古場も少年少女期特有の、お互いの反発が嵩じるようになってからは、私にとって苦手な場所となっていった。私だって元気なときには、塀に陣取って、窓越しにからかう悪童共をほうきを持って追い散らしたものだ。だがなぜに私が少年たちを敵に回して少女たちの擁護せねばならないのか。逃げていく悪童共は、私のことをよく「イナグメーサー（女たらし）」と呼んで駆けていった。

しばらくして日が暮れる前に父は帰ってくるのだった。玄関先で重い靴音がして、ガラス戸がガラガラと開いて父が家に入ってくると、私の耳は緊張のあまりピクッと動くのだった。

「まだ寝ているのか」

私は厳格な父が怖かった。半端な起き方をして曖昧に笑った。

今までは、「ただいま」という父の声に玄関まで飛んでいって、「お帰り」と抱きつくのが常であった。父はそうして息子の歓迎を受けた後、病気の姉と挨拶を交わすのだった。姉は玄関に入ってきた父の声を聞いた時からすでにはしゃいでいた。「お父ちゃん」と言い切れないで「ハイチャ、ハイチャ」と興奮して呼んでいた。

こうした和やかな家庭の風景も私の中では、父を待ちわび、抱きつく幼さを過ぎた数年前から、単なる儀式に化していた。末っ子でわりかし新しいものに反応し、いっぱしの口を利いていた私を溺愛していた父は、もはや抱かれる事を嫌がる私の自我の発達に気づかないようだった。父を喜ばせる甘えん坊の演技は長い間続いていた。

病気になって痛々しく床に伏す私を見ることは父にとっても残念に思えたであろう。短期間ならともかく、数ヶ月もこうして寝たっきりでいると、やせ衰えた体はもとより、学業がおろそかになるのも心配の種であるようだった。少しずつ起き出せるようになると、夕飯の後、私は父の前に座らされて教科書を開き、今までやったこともない個人教授を受けるのだった。算数の問題を前に、私は数字の羅列の意味を取れずに、しばしば呆然としていた。数字は現実の具体的な物象群の極度な抽象であり、算数とはその抽象のそれぞれの関係であったから、深く考えずにその関係のみを滑るがごとくに割り切って解けばよいものを、私の理性はそのような抽象関係に合点できずに、その周りを右往左往するばかりであった。知らず知らずにして私の感性は、生活の何か余分な部分にこだわって、均整の取れた物事の見方が出来なくなっているようだった。私の精神は数字に集中する代わりに、自分がこうしていつになく厳しい顔をした父と対座していること、学校で実に様々なことを教わっていることと、こうして自分が叱られていることとの因果、果ては目の前にしているアラビア数字の形態がひどく気になって、その異形の出所の不可解さに思いが分散されるのであった。

このようにして簡単な問題を前に五分も十分も考え込んでいると、カツンと父の拳骨が頭に飛んできて、私は夢想から覚めるのだった。

四年生の二学期の大半を休んだ私は進級が危ぶまれて、無理をして登校した。いつもならあれほど待ちわびられた運動会もとっくに終わり、はや冬休みになろうとしていた。運動会の胸をときめかせるマーチの音楽も、マイクの前に立つ先生方の挨拶も、号令をかける生徒代表の声も風に揺られてあらぬ方向から私の床に届いた。クリスマスも近づいていたが、無邪気な喜びは希薄だった。

ミーニシに吹かれて行く学校は、長い休みの後では何か気恥ずかしい場所だった。子供たち特有の遠慮のなさで、級友たちは私の変貌を指摘するのだった。

「あーしぇ、あんし、ようがりとおる（あれま、こんなにやせほそって）」

小さいころ、ズボンの尻の継ぎはぎを気にして登校を拒否したほどの私の感受性は痛んだ。私は自分の存在を恥じて席に座った。

人に見られることに敏感な自意識は見ること、聞くことに集中しないものである。以前からさして面白くもなかった授業にますますついていけなくなって、居心地の悪さにひたすら我慢しているのだった。今まで社会の中で比較的に目立つ存在だった者が、急に冴えなくなって我知らず陥る失脚感。今までなんとも思わなかったイッチャンやマー坊やその他の級友が大きく見えること。いきなり回されたクラスの中のその他大勢の役割。穏やかに微笑みを浮かべながら、静かに授業を聞いていてなお、成績の悪い五十人中、四十人の一人。

その座を失って初めてその有り難味がわかるように、健康を失って私は健康であった私を思い浮かべ、それが願われると意識は現在の私自身に集中されて、私の自意識は成長した。しかも、自意識が募るにつれて、それは現実の自分にしらけるばかりだった。

この妙にいじけた自意識の発達は、発達と呼ぶにふさわしくなかった。自意識の濃く淀んだ停滞と呼ぶべきであろう。絶えざる体の不快感と貧弱な体に対する自意識は、特に父の失意の怒りに恐れをなして不安を伴い、自分の能力に波及されて、肉体と能力は同一視された。

ぼんやりと意識が自分に向けられることによって、一つには授業に集中できなくなり、一つにはあの、私の本然たる想像の飛翔が低迷していた。かてて加えて、ちょっとでも不用意に首を上げようものなら容赦なく世界は揺れ動いて、他人には及ばない地震が私だけに訪れて、居ても立ってもいられなくするので、自分自身の一挙一動に十分な監視が必要とされるのだった。

一旦揺れ動いた世界はなかなか元に戻らなかった。またしても母が呼ばれてくるのを、机にうつ伏せてじっと待つのだった。

こうして、私は不安に慄いて、大事に至らないように、首を縮めて座しているのだった。首を縮めて座していると正面しか見えず、私の世界は著しく限定された。首を回せば見渡せる、他人の享受する現実の前景も享受できなかった。

目の前で繰り広げられる授業は、世界をあちこちから裁断していた。国語の時間では知らない雪国の町や村の人の生活や感情が作文を通じて紹介され、言葉の力であらゆる概念が形として定着された。算数の時間ではりんごやみかんの数や量の増減を、あるいは何等分かされたケーキの幾片か食べられた後の分量が議論されていた。

社会の時間では、地球儀を見せられ、私たちの住んでいるこの土地が、実はこれこのとうり丸いこと、その中に陸があり、海があって、陸にはさまざまな国があること、国の中には都会があり、町があり、村があって自分たちがいることが教えられた。そしていつもこのようにあったのではないこと。世界がこのような形になるには長い長い時間がかかったことが教えられた。

理科の時間の教えは途方もないことだった。植物や動物の種類の説明はともかく、天にたゆたう綿のようなあの雲が、黒い雲のみならず白い雲も実は雨の元であること、気圧の違いによって台風が生ずること、夜空に煌く星々は地球とおなじく丸い土の塊が空中に浮かんでいることなどの説明を受けて、気が遠くなる思いであった。

その他に音楽の時間があり、美術の時間があり、体育の時間があった。私たちは歌を歌い、縦笛を吹いて、絵を描き、半パンに着替えて運動場に出た。もちろん病気上がりの僕は、もう一人の癲癇持ちの級友と共に見学だけにしていた。

このように一時間ごとに頭の切り替えを要求される現代教育のカリキュラムの中で、私の内部でいつとも知らずぐずついていた疑問に答えるかに見えた教科は理科であった。私は人間の存在について非常に不思議な思いがしていたのである。なぜそのように人は在るのかと。子供の私は、私の疑問が現代科学の埒外にあることを知らなかった。

理科の時間に私たちは人間の体について学習していた。概して人間は骨と肉からできていた。その中に脳があり、心臓があり、内臓があった。脳は神経網の中枢であって、私たちの知覚判断を司っていた。体全体の神経がそれに連なっていた。心臓は血液のバンクであってそこから送り出された血液が体内を巡り帰ってくるのだった。口や鼻から空気中の酸素が肺に送られ、肺から血液に乗っかった酸素は体内を巡り、形を変えて口や鼻から吐き出されるのだった。胃は消火器系統の中心で、口から喉を通って胃で消化された食物はさらに小腸大腸を通って消化吸収されて尿道や肛門から排出されるのだった。

この説明は私にとってショックであった。私にはなぜか漠然と人間はエーテルのようなもので出来ていると信じられていたのである。血液循環系統や呼吸器系統、消化器系統はともかく、「私」というものが目に見えないエーテルでなくて、あくまで物質的な神経網であるという説明は目に見えないものに対する夢を崩壊させてしまった。

深く考えられたわけではないが、このような解剖学的説明は自給自足していて、それのみで人間の全てを説明するように思え、人間は霊が肉に宿ったものであるとする宗教的定義と相反するように思えた。日曜日には教会学校に通っていた私は、気がつくと相反する二つの学派に股をかけていたのである。

　ところが私にとって矛盾と思われることが他人には矛盾と思われないことがあるものだ。驚いたことに、説明を終えた、まだにきびの後の残る、うら若い担任の女の先生が、

「どう、人間の体ってよく出来ているでしょう。だから神様って偉いのよね」と言ったのである。

「神様なんていないんだよ」すかさず聡い子が言った。

　そうだ、そうだと他の子供たちも同調した。中には失笑する子もいるくらいだった。

　神様や幽霊やサンタクローズはもはや小学校高学年生にとっては存在しないのであった。現代の風潮であるのか、あるいは悟性の自然な発達によるのか、神が人間を創ったと思うよりも、人間が神を作ったと思うほうがより信じられた。あれほど憧れたサンタクローズだって結局お父さんやお母さんの作り話ではなかったか。

「だまされるもんか」

　皆の先生に対する抗議には気合が入っていた。

　おとぎ話の国はもはや存在しなかった。子供の成長につれて、目の回りの現実はそれ自体が唯一の現実であることを声高に主張し、世界はコンクリートの壁のように固まっていった。大気圏を過ぎた、地球の外には神秘の世界が広がっているようでもあったが、私たちの人生とは無縁で

あった。その年のクリスマスは妙に白けた気分になっていた。

冬が過ぎて早い春が訪れたかと思うとまたたくまに夏に季節の座を譲ろうとしていた。初夏の日差しが若葉に宿った露に照りつけて地表が蒸せる頃、私たちの学園の遠足がある。

男子と女子が二列を組んだ長蛇の行列が、小学校の裏門から出発した。学校を出ると守礼門の見送りを受け、琉球大学の裏手に回って、泡盛瑞泉の前を通り、テレビ塔のある崎山町に出る。このテレビ塔の上で、開局間もない頃、狂言自殺があった。人が登ってもやはり放映できたのか、テレビ塔の中台に登った人の姿が実況中継された。……生きている人が次の瞬間死ぬかもしれない。時は進む。次の瞬間、この人の物理が外界の物理に叩きつけられて木っ端微塵になるだろう。時が存在を決めるという不思議な観念に私は囚われた。鉄骨の桁に足場を求めてそろそろと渡っては中台に戻ったりした男は然し、私の意表をついて、説得に応じて塔を下りた……。

このへんの小道の脇にはまだ古い石垣が残っていて、その中から芭蕉の大きな葉が風に揺らいで顔を出している。テレビ塔を過ぎるとカトリック教会のある首里の丘の東南の端に至る。高台は豊かな芝生に覆われて、遠くに畑の淡い緑に潅木の濃い緑が乗っかった丘陵群が南部に見渡せるのだった。手前の丘に名勝識名園がある。石畳と言っても骸骨で埋められたような坂を下ってそこへ行く。

ところどころの休憩で列が乱れて、半そでのシャツに半ズボンの闊達な姿があちこちで走り回っていた。休憩が終わって隊列が組まれると、普段は顔を合わせない、他のクラスの子供たちが身近に見えて少し緊張するのだった。

オカッパの黒髪がひらっと舞い上がって大きな目がこちらを向いた。私を見つめるかのように静止して、すぐに後ろの友人と姦しく話し始めるのだった。

私は気おされて下を向くのだった。そのような反応はその子だけではなかった。クラスの前列に座っている少女の紅潮した頬の膨らみと首筋のほつれ毛をじっと見ていると、隣りの少女が前の少女をつっついて私が見ていることを教えて、二人して私を気強く眺め返すのだった。

このようなことは最近頻繁にあった。まだ伸びきらぬ四肢の、健康な躍動と静止に言うに言われぬ色気を感ずるのだった。おそらく大人たちには見て取れるであろう、少女たちのげっ歯類動物のような落ち着かない魅力。男子には反発しながら、少年雑誌にはないませたロマンいっぱいの少女雑誌を花束のように抱え、夢見る魅力。人形をあやす優しさと、猛然と男子に食ってかかる強さを平然と兼ね備えている魅力。

私はこれらの生の魅力を健康を失って初めて周りに嗅ぐのだった。小さい頃に、稽古場で興奮して駆けずり回ったあの、媚薬のような色気が、成長の段階でずっと放っておかれて、病弱となった私から失われたときに、同級生の間で見事な開花が始まって、その人を動かす力を私に見せつけるのだった。

ひょっとした加減で隣りの女の子と腕が触れ合った。すると女の子は嫌な顔をし、触れた部分を手のひらで触りなおして口元に持ってゆき、事実を滅却するようにフーッと吹き飛ばすのだった。女子の間で流行った、ませた知識による一方的な被害妄想による男性対策の遣り口だった。誰でもそれをやられると気が腐った。

又もや、私は自分が悪いことをしたようにうつむくのだった。私の半そでのシャツや半ズボンからはギクシャクした細い手足が剥き出していた。私の羞恥の汗も、健康そうなふくよかな肢体から出る汗とは成分が違うように思われるのだった。

識名園の帰り、小岩の突出した坂道に差し掛かるころには隊列がずい分乱れていた。脚力のある者は遅い者をどんどん追い越していった。

そのように友人のマー坊が私を追い越して行った。成績優秀なマー坊は学年の代表に選ばれて、先生方の指示を受けて行進の先頭から後列まで行き来して、落伍者の有無を点検するのだった。

マー坊は私に軽く会釈して先を行ったが、進級してクラスが分かれてからの私が変わったのと同様、マー坊も変わってきていた。私の変わりようが無残であるのなら、マー坊の変わりようは立派であった。

通り過ぎてしばらく行くと、マー坊は曲がり道の、眼下の景色が広がったところで、道の脇にはみ出た岩に片足をかけて一息ついていた。私は小麦色に日焼けした少年の美しさを感じた。とりわけ黒くなった首筋を、汗がつややかに流れて白いポロシャツに入り込むに任せる一方、汗噴いた額が白帽子を持った手で邪険に拭われて、今登ってきた下界を眺める澄明な丸い目には、私のように外界を窺い見る一点の曇りも見られず、少年ながらも責任を持たされた落ち着きがあった。

私の感動はすばやく妬みに変わった。

母はますます信仰に励んでいた。家庭においても教会の話が持ち上がり、父にも教会へ行くことを勧めるのだった。父は最初、軽く受け流していたが、同調の意を表するとすぐに多弁になる母に閉口するようだった。

父は日本史が大好きで、元禄忠臣蔵や、忠君楠正成や、大和武尊命の話はおろか、やおろずの神々について話すことすらあったが、余りにも人間的な、これらの神々に日本創始が発する教えに親しんだ父の精神にとって、キリスト教の一神教はどう考えてみても噛み合うものではなかった。国産みの親、イザナギ・イザナミ神にせよ、すでに男と女という私たちに理解しやすい形を取っているのである。しかもこれらの神々は完全無比の存在に達しているとは言いがたく、あのギリシャ神話の多神に似て、我々人間の誤謬の萌芽を宿しているが、その誤謬の犯し方も我々人間のとうてい及びがたい派手さである。神々は無邪気に飛翔していた。

暖かい日曜日の日差しが体に柔らかく当たるとき、父は稽古場の廊下のガラス戸を左右に開け放ち、座布団を持ち出して、その上にあぐらを組んで自慢の庭に見入っていた。

こじんまりした庭の中央には、近所の少年たちにセメントを固めて作らせた瓢箪形の池に石橋がかかっており、向こうの築山からは黒ずんだ岩礁が大きく迫り出して、その上にはサツキの根がたくましくへばりついている。太い根は左に傾ぎながらも幹をぐいっと持ち直し、複数の枝を差し出して左右にこんもりと青葉を戴いている。凝視していると、その盆栽は私たちの遠近感を失わせて、巨木のように見えなすのだったが、右手に棍棒のような蘇鉄が、ウロコの冠をかざして頭を突き出しているので、サツキが巨木であるのなら、蘇鉄は途方もない化け物に見える。

このように調和の乱れた池の前面には、細身だが肉厚の、折鶴ランのつややかな葉が弧線を描いて密生し、濃い緑の睫毛の凝集するところとなっている。そして築山からは池に向かってアスパラゴイデスの毛氈状の葉が柔らかく広がって、水面の一部を覆っている。水際の苔の張り付いた池には、龍潭で釣れた地味な魚が泳いでいる。金魚や鯉は飼っても長生きしなかった。金魚は生命力が弱く、鯉が住むには小さすぎた。日照りで水が蒸発して少なくなると、たちまち近所の猫の餌食になった。

池の周りには、黄色く斑点になったクロトンの繁茂。気取ったヒマワリ。アカバナーからはもっとも秘めやかな黄色い棒が懸命に空に向かっている。後ろで寄り合わさった板塀には朝顔の枠に跳ねた葉っぱと淡白な花がつるんでいる。

　草木に水を与えるのは私の日課だ。気を利かせて水差しを持ってきて草花に水をあげようとする私を父は制した。

「ヒデオ、日中はいかん。夕方あげなさい。この日差しでは熱くなってしまう。それより、囲碁でも打とうか」

　こうして私たち親子はぽかぽかと暖かい日差しを浴びながら、囲碁盤を挟んで向かい合う。

　私は盤の八方に布陣し、なおかつ先手の石を中央に置く。父は人差し指と中指で白石を摘み、おもむろに上段からピシャッと音を立てて、私の黒石に横付けにする。その音で私はすでに気おされている。そしてその白石を囲もうと思って躍起になる。敵はなかなか掴まらない。気がつくと包囲されているのは私なのである。何度やっても同じことだった。

「目先だけを見てはいけない」と父は言った。

「二、三歩先を見るようにね」

「お父ちゃんは喧嘩も強いの？」

「喧嘩はしたことがない」

「じゃあお父ちゃんの額の傷は何なの」

「これか、これは子供の頃、川で泳いでいて、流れてきた板切れで切ったのだ」

父の広くなった額の中央の三ヶ月形の古い切り傷は鈍く光って、父に古武士の威風を与えていた。

「お父ちゃんは兵隊さんだったの？」と私は訊いた。

「いや、兵隊さんになったことはない。しかし、戦争を経験しないわけではなかった。ヒデオね、沖縄の人は皆、戦争を体験したんだよ。悲惨な戦争をね」

父はタバコを燻らし、遠くを見るように庭に目をやった。

「たくさんの人が死んだのだ。お父さんは学校の先生だった。それで兵隊さんにはならなかった。お父さんには他にやることがあったのだ。沖縄にアメリカ軍が攻めて来たんでね、子供たちが戦争に巻き添えにならないように日本の山奥に連れていったのだ」


昭和十九年夏、太平洋戦争の度重なる勝利の報道とは裏腹に、沖縄防衛隊第三十二軍から沖縄県当局に学童疎開の命が下った。布令を受けた県教育関係者は動揺の色を隠しおおせなかった。このことはすでにちらほらと人の口に上るサイパン玉砕の事実を認めるものであった。サイパンの次は台湾か沖縄に攻めてくるらしい。知識人は民間にどう伝えてよいか分からずに苦慮した。

第三二軍の牛島満司令官は、太平洋地域の日本軍の一時的な劣勢を認め、戦局を立て直すまでの県民の協力を依頼した。人々は今しばらく時局が呑みこめなかったが、十万余の皇軍の上陸を見て、その威厳ある姿に安堵すると共に、いくさの現実性を感じないわけにはいかなかった。

沖縄が戦場になる？　遠い南方から肉親の悲報が届くことこそあれ、この畑に、このあぜ道に、この石垣の陰に、この瓦屋根の周りに敵兵が跳梁して弾丸が飛び交う？　真っ青な空にはびこるのは盛り上がる白い入道雲のみで、飛行機の姿も見えないのどかな風景に人は近代戦の訪れを想像するに窮した。

県は疎開学童の応募がはかばかしくないのに焦慮した。各国民学校において父兄との集会が頻繁に持たれて、一般の時局認識が促進された。同年八月十五日、かくて疎開第一陣二百名ほどの学童が潜水母艦「迅鯨」に乗り込んで九州に向かって那覇港を出発した。

第二国民学校に奉職していた父の身辺も、学童引率者として俄かにあわただしくなった。若い、身寄りの少ない教師が引率者として優先されたが、父の場合、祖母と身重の母と二人の子供がいて、家族一緒に疎開することになった。

八月二一日、父は家族と、他の引率教師と手分けされた二百名ほどの学童と共に、陸軍御用船三艘のうちの一艘、暁空丸に乗り込んだ。他の二艘は和浦丸、そして対馬丸であった。一番大きかった暁空丸に希望者が殺到して定員を大幅に上回り、第一、及び第二国民学校の疎開者は対馬丸に移された。小船で順次、対馬丸に移された学童たちは看板で船に乗れた喜びにはしゃいでいたが、暁空丸に比して、一回り小さく、老朽化した対馬丸に乗ってがっかりした者も少なくなかった。第一、第二国民学校の先生方は暁空丸の船長と談判した。談判は難を極め、しばしば決裂しそうになったが、頭を横に振る船長に先生方は必死になって食い下がった。

やっと交渉は成立した。対馬丸の甲板にいる学童たちの耳に、数百メートル離れた暁空丸から、剣道界に名を馳せた某先生の鍛えられた声がリンと届いた。

「首里ーっ、引き返せーっ」

甲板でくつろいでいた第一及び第二国民学校の生徒たちは慌てて小船に乗り込んで暁空丸に引き返すのだった。

こうして幼い魂を満載した三艘の輸送船が小雨に濡れそぼる那覇の港を後にしたのは、すでに夕方になっていた。

翌晩、憧れの本土に近い大海原の真っ只中で、沖縄県民にとって一挙に戦争が訪れた。何の前触れもなしに。しかも子供たちの上に。

子供たちの胸をわくわくさせるような、高みの見物の華々しい空中戦も、花火のように打ち上げられる彼方の戦火もなく、闇夜の激しい衝動と火の手は、一方的にこちら側の世界の秩序を破壊した。敵潜水艦の魚雷を受けて、広大な黒い海に一点の鉄の火柱が立った。

爆破されたのは対馬丸であった。

不自然な一筋の波が、ゆったりとした大波をはすかいにつんざいて、ひときわ大きな暁空丸に遠くから向かってくるのを暁空丸の船長はめざとく見つけた。

「右舷雷波発見。取り舵いっぱあいっ」

暁空丸は大きく左に旋回し、かろうじて一筋のさざ波の路線上から外れたが、雷波で船首に穴が開いた。その直後、右前方を走っていた対馬丸に轟音と共に火柱が上がった。

緊急時における精神の異常状態は、暗闇に展開する地獄図を前にして、ある者を錯乱状態に陥れ、またある者の自我を極度に後退させ、遠い世界の出来事のように思わせるのだった。それは精神が己に対する来るべき物理の侵食を覚悟する準備であった。出来るだけ安全な場所へ避難すること。もし安全な場所が周囲になかったら、精神は自分の奥へ、奥へと避難せざるを得ないのである。

対馬丸のあえぎが津波になって、暁空丸に押し寄せた。船首に穴の開いた空暁丸は第一ハッチを閉じた。

「起きろ。起きろ」

父たち学童引率者は甲板で眠りこけている子供たちをたたき起こしたが、その前夜、ジグザグ運航を続けていた船舶間でちょっとした接触事故があり、緊張して明かした翌晩のことであったので、全員睡眠不足で、ひっぱたかれても目が半分しか開かなかった。目が開いている子供は、後方の海で対馬丸が穂先を天高くあげ、船尾を海中に没している姿を夢のように見た。

二艘の僚船は夢中になって機雷を投下しつつ、高い波間を疾走した。

対馬丸の遭難者は学童七百余名、それに一般疎開者七百余名であった。

私と同じくらいの年の学童たちを見舞った運命は他人事ではなかった。

「それからどうしたの」

「それから船は他の敵潜水艦がいるかもしれない鹿児島湾に入るのを変更して、幾昼夜潜水艦の追撃を受けながら走りに走って、九州の西に迂回して長崎港に入った。その間生きた心地もしなかった。長崎港に入った時はさすがに疲れがどっと出た」

「それから?」

「それから九州の内陸を汽車に乗ってずっと入っていって、疎開先の熊本県に辿り着いた。ずっと山奥だ。阿蘇山というとてつもなく大きな火山口の外輪の一角の町にいた。しばらくして近郊に空襲があったのでさらに山奥に入った。山奥の山奥だ。その年の冬は長くて寒さが厳しかった。

沖縄の子供たちには酷な寒さだった。手足がかじかんで夜中泣きじゃくるのだ。食べる物も不足していたが、上級生は農家に働きに出たりして、皆で頑張ったから助かった」

父は灰の長くなったタバコをもう一口吸って、ゆるやかに煙をくゆらせた。

「隣りの船に当たった魚雷が私たちの船に当たっていたら、ヒデオももちろん生まれていなかった。我々がこうしていられるのは幸運なことなのだ」

父は灰皿にタバコを押し消した。

「沖縄に残っている人々はもっと大変だった。たくさんの人たちが死んだのだ。帰ってくると、この辺りは瓦礫の山だった。視界を遮る建築物は何もなかった。木片が四散するどころか、土さえ暴かれ、岩床が削られて、ただ白、ただ白一色の丘陵に首里の町は変貌していた。ヒデオの座っているこの下の地面にも爆弾が何個も落ちたのだ」

私は思わず周りを見回した。知らん顔した朝顔の絡んだ板塀の向こうには、貸家の茅葺屋根が頭を出して、その横には芭蕉の大きな葉が、切れ切れになった国旗のように静かに傾いでいた。空はあくまで青く、みなぎる白雲は日をまともに受けて眩しく輝いていた。板塀の内側では種々の草花が小さな生命を謳歌していた。

爆弾が落ち始めたのはこのように晴れた日だったのだろうか。その時、予感はあるのだろうか。それともいきなり目の前が変になって、鉄片が肉に刺さる痛みも感ずるまもなく意識を失うのだろうか。このような思索を巡らせていると、この静寂が信じられなくなるのだった。

だが、私の記憶にある種の後悔を持って残るのは次のことだった。

父が重苦しい記憶を振り払うように笑って言ったのである。

「日本が戦争に勝っていれば、沖縄での戦闘はなかった。今ごろはカリフォルニアあたりで悠々と暮らしていただろう」

それに対し、ませた私は言った。

「日本が負けて良かったんだよ。先生方はそう言っている」

父の顔が一瞬暗くなり、知らない人を見るように私を覗き見た。

異国の少年

　ある休日、父は私を伴ってピクニックに出かけた。そこはどこであっただろうか。今となっては思い出すのも定かではないが、私の記憶にあるのはピクニックの最終地点ではなくて、石灰岩を敷き詰めたまばゆい道路から、白く粉塵を被った草むらを分け入って、眺めの良い、柔らかい草に覆われた高台で弁当を開いて休憩したときの情景である。そんなに遠出した印象もないから、そこは首里に進撃する米軍を食い止めようとした激戦地、浦添前田の高地あたりであっただろうか。

　なだらかに傾斜する芝草の下手に、私たちは一軒の洋風の家を見出した。四角い背の低い箱を二つずらして並べたような家で、極度に大きい庇が屋根からはみ出ていた。ブルーのペンキが薄れて殆ど白くなっていたから、家はそう新しくもなかった。コンクリートの家は珍しくもなかったが、この家はたちまち異国を連想させた。草深い首里の外れにぽつんと立つ思いもかけない異国。一方の屋根の上に小さな十字架が横を向いていた。

「教会なんだろうか。お父ちゃん」おにぎりを頬張りながら私は問うた。

「そうだね。民家のようでもあるし」

父も思いがけない洋館の出現に興味を抱いたようだった。

ややあって、一人の小さな男の子が引き戸と網戸を開けて出てきた。その子の栗色の髪は輝いて額を覆い、張りのある輪郭は小鹿を思わせた。だぶだぶの吊り下げのニッカボッカのズボンを半開きになった網戸に押し付けて、目をぱちくりしてこちらを見ていたが、やおら傍らにあった三輪車に跨ると、狂ったようにバックヤードで乗り回した。

私より三、四歳は年下と思えるその栗色の髪の子を、私は興奮して見ていた。私たちとは完全に違う人種。私が生まれる前に、私たちと敵対し、私たちに勝利し、私たちに優越する人種。そして言うべきことは、この異人種は敵意を持つにはあまりにも美しかった。

そこまでがもやもやと感じられると、持ち前の自意識が頭をもたげて、あの視線がかち合っていた瞬間、私がこの子にどう見られていたのかと忖度するのだった。この子に対したとき、私の引け目は私自身の問題ではなかった。私は私一人のモノではなく、私の背後には私の人種が控えていた。私は自然と力むのだった。傍らの父を見上げると、父は親しげな表情をして、おにぎりをほうばっていた。私たちは黙って、その子を眺めながら口を動かしていた。

栗色の髪の少年は私たちをよく見ていなかった。明らかに私たちを意識して、むしろ見られることに夢中になって、三輪車を乗り回しているのだった。

やがて乗り飽きると、三輪車を放って、あっちを見、こっちを見しながら草地に登ってきたかと思うと、ゴロゴロ下まで転がって、また登ってきて私たちを一瞥しては同じように転がって遊ぶのだった。するうちに私たちに近い距離まで来ていた。盗み見していた顔もしだいにこちらを向き、笑うでもなし、何か甘ったれた表情が読み取れた。

「ハロー」と父が呼びかけた。

少年がそれに応えた。父と少年は私の分からない言葉で二、三会話をした。

父がおにぎりを差し出した。少年はオズオズ近寄ってきてそれを受け取ると、少し離れた場所に腰を下ろして食べ始めた。

食べ終わった少年は、今度はあからさまにもっと欲しそうな顔をして、口に指を咥えた。しかしもうおにぎりはなかった。そこで父は三時のおやつにいただく筈だったせんべい袋の封を切った。

そのとき、家の扉が開いて、少年の父親が姿を表した。髭を生やした、長身の父親は少年を呼んだ。少年は貰ったせんべいを手に躊躇しているようだった。私は少し緊張した。麦わら帽子に開襟シャツ姿で膝を折った父が労務者のように見られないかと思った。

「スミマセン」と少年の父親が言った。

「いいですよ」と父が答えて、さらに二、三個せんべいを少年に追加して与えた。少年は喜んで坂を下りた。

碧眼の父親は、「スミマセン。アリガト」と言って父とお辞儀を交わし、少年を伴って家の中へ入っていった。

曲がった鼻

母が奇妙な医療器具を持ってきた。薬草を配合してすりつぶした棒状のお香をアルミの握りに接続し、二本を対にして火をつけ、それをさらに窓のついた試験管のようなアルミの容器に差し入れて火を消すと、窓からふくよかな煙が流れ出る。それを体に撫でると悪化した部分に反応して煙が付着し、黒くなるのである。この医療器具をテルミーと言った。

早速私は裸にされて、母がテルミーで私の背中や胸を撫でる。するとたちまち天花粉で白くまぶされた私の細身は黒ずむのだった。

こうしてしばらくテルミーでさすられていると、その温かい感触にウトウトしてくるのだった。細い筋を引いて立ち上がる煙の匂いは微薫を含んで柔らかく呼吸された。扁平な私の胸の間からみぞおちにかけて、黒い筋が引かれた。顔がさすられると、鼻筋は黒々と尾を引き、白い天花粉に対して際立って、歌舞伎の荒事師のような顔になった。

「見て、真っ黒。顔にも緊張が強いんだね。どうしたんだろうね。この子は」

そう言いながら、母はせっせとテルミーでさするのだった。するうちにとげとげしい私の神経は和らいで、うとうとしてくる。

「これ、どこから持ってきたの？」

「講習会があってね。牧師先生から教わったのだよ。牧師先生は、テルミーがもっと巧いから、ヒデオも見てもらわないとね」

こうして母は私を毎晩テルミーにかけてくれた。それかあらぬか、少しずつ私も元気になるようだった。

ある夜、いつものように父と母が机を並べている六畳間で、母にテルミーをかけてもらっていた。父は机に向かって本を開いて座っていた。

「ヒデオも最近は学校を休まなくなったね。このテルミーというのはよく効くようだね」と父が言った。

「そう、この薬草の煙は万病に効くの。吸うと胃にも肺にもいいわ。牧師先生から教わったんです」

それから母はいつものように神様の話を始めた。私たちは父たる神の子であること。イエス様は、神の子であることを忘れてしまった罪深い私たちを救いにきたメサイヤであることをとうと話すのだった。

「しかし、それは西方の神ではないのかね。我々日本人にも立派な民族神はある。なぜ、異民族の神を拝まなければならないのだ」

「いいえ、やおろずの神々とは次元が違うわ。イエスを介して拝される神は全知全能の宇宙神だわ。すべての源であり、すべてを支配してらっしゃる…」

「すべてを支配しているのは宇宙の法則だが、宇宙の法則を説く者は東洋には仏陀がいる。仏の説くことはキリスト教よりもっと論理的だ。それにもし、愛に根ざす全知全能の神がおわすなら、なぜこのように世の中に不幸がはびこるのか」

「神は人間に自立心を与えたの。でも自立心を与えられた人間はアダムとイブ以来、蛇にそそのかされて道を誤ってしまったの。イエス様はすべてを元に戻すために、地上に降臨なすったのだわ。愛に満ちたキリスト教に比べて、仏教は訳のわからないお経を唱えて偶像崇拝するんだわ」

　次の瞬間、父は立ち上がっていた。うつぶせになった私の背後でパチンと音が鳴った。隣室で横たわっている病気の姉が異変を察して、泣き出した。父はそそくさと着替えをして外へ出て行った。

この、しびれるような悲しみの間、母はぶたれた痛みをこらえて、私の背中をさするテルミーの動きを一時も休めなかった。


「ヒデオ、鼻が曲がっている」

快活な高校生の姉が気づくと同時に何の遠慮もなしに、私に訪れた異変を指摘した。二番目に来たお手伝いさんの朝子姉さんが、どれどれと私の顔に目を近づけてまじまじと見て、

「あ、ほんとだ。ヒデオちゃん、鼻が曲がっている」と同意した。

学校帰りの午後の、台所でのいつもの三人の屈託のないよもやま話の興がたちまち冷めて、私は居間に駆けて行き、母の手鏡を覗き込んだ。

他の子供たちに比して、いち早く幼さをなくした、顎が角張って目鼻立ちがごつごつした私の顔が手鏡一杯に映し出された。

肢体に比べて殊更強調された大きな顔の大きな太い鼻の柱がなるほど、右に移行していた。たちまち私は悩んだ。

何でまた、こんなことになったんだろう。

やせ衰えた肉体も養生して、さほど目立たなくなったのに、今度は顔が歪むなんて。

脆弱な肉体からじょじょに解放されつつあった私の自意識は、何ら劣等感を抱くことなく、常軌道に乗って進むはずだったのに、突如として変貌した私の顔に直面し、再び停滞するのだった。

事実、鼻が曲がっていても、それが意識されない限り、悩みはなかったのに、ことさら騒ぎ立てる女共によって自意識は駆り立てられて、気が塞ぐのだった。自意識は長所に向かえば十分に幸福の種になるものだが、欠点に向かえば限りなく不幸をかもし出す厄介な代物だった。

少年の外見に関する自意識は、周りの年長の女性の指摘に影響することが多い。少年たちは割と無頓着だし、少女たちには気が許せない。

「ヒデオちゃん、可愛いねえ」という賛辞が、小学校の男児にとって少しは好ましく響いても、どこかに無礼を感じられて、決して終日の幸福に与ることはないものの、「ヒデオちゃん、可愛かったのにねえ」というお悔やみも又、人の自意識を翻弄する無礼の極みであった。

男の大人は少年の内面を透かし見るものだ。おそらく大人たちは言うであろう。少年よ。それは精神的な病の表れだと。

それは実際、微々たる変化であったかもしれない。しかし、眼下に見えるか見えないかだった鼻は、いまや猫が陽だまりで日光浴をしているように、手足を丸めて、背を右に傾いで膨らんでいた。私は、人と話すとき、彼の注意が私の鼻に向けられるのを恐れた。

このように顔に自信を失った私だったが皮肉なことに、或る人が私の容姿を認めた。大学を卒業したばかりの新任の男の音楽の教師だった。

若い肉体を体育の先生のようにスポーツウェアに包んで、脱兎のように六年生の教室を回ってすばやく生徒を物見すると、

「君と君と君、放課後、何組の教室に来てくれたまえ」と目ぼしい子たちに指示するのだった。

行くと各組から選ばれた男生徒たちが五十名ほど集まっていた。鼓笛隊の編成であった。大太鼓が二人、中太鼓が四人、小太鼓の十二人がその中から選ばれて、さらに縦笛の生徒たちを百名ほど集める予定だった。

太鼓のバッジが渡されて適性テストが行われた。机が太鼓の代わりに使われたが、両の手で交互に振られるバッジは机にもつれて落下した。一週間後には生徒は半分以上減らされて、どうしても上達しなかった私も失格するかと思われたが、中太鼓に回された。小太鼓と同じサイズで腰に下げるのだが、大太鼓と同様、片手だけで打つのである。大太鼓の四方を揺るがす響きもなく、小太鼓のバシッバシッと決まる歯切れのよさもなく、トントンと妙に乾いた、味気ない音がした。小太鼓に比べれば、技術的に楽であったが、それでも左利きの私には、右手で叩く中太鼓は容易ではなかった。

放課後の運動場で何度となく練習が行われた。隊の指揮者には女子二人が選ばれた。先細りの太い指揮棒をくるっと回して呼子が吹かれると、私たちの中太鼓の乾いた音が二、三発叩かれて

全体の合奏と行進が始まるのだった。運動場を何度も回り、慣れてくると隊が二つに分かれてあらぬ方向に行き、滞りなくまた合流した。

時には鼓笛隊はそのまま校外に進軍して、車の流れを止め、我が物顔に当之蔵大通りを行進するのだった。青空の下、のどかに流れる首里の昼下がりが僕らの叩く太鼓の音で俄かに賑やかになった。町の人たちが仕事を休めて顔を出し、私たちの行進に見入った。交通整理のお巡りさんもやってきて、鼓笛隊の行進を助けた。私たちは町の花形だった。

校庭に戻ってきた私たちは鋭い呼子の三連呼によってピタッと動きを止め、余韻を残して流れる合図によって、持っているバッジや笛を背に回して手を組み、一斉に両足を半開きにして休みの姿勢をとるのだった。

隊列が乱れていないかどうか、教師が列の間を点検して歩いた。私の前に来て、私を正視してにこっと笑った。私は恥ずかしさに白い帽子の庇で顔を隠した。教師はますます私の顔を覗き込んで、

「ヒデオ君は内気なんだね」と言うのだった。

鼓笛隊という団体の中だからこそ、人に見られる晴れがましさが味わえていたのに、こう近寄って見られては疎ましいだけだった。私は私の曲がった鼻が見て取られたのではないかと怖れた。

サーダカ生まれの浸礼

小学校最後の夏休みだった。

教会の臨海学校で、私たちは中城湾の、太平洋を膝下に臨む小学校に来ていた。首里からバスで一時間以上揺られて、私たちは海辺の学校に着いた。丈の低いブロック塀に囲まれた数棟の平屋校舎の向かいにはほこりに塗れたキビ畑が打ち続いて殺風景な感じがしたが、裏手は校舎横の運動場の赤い土がそのまま松林の中を通って、所々にわだかまった芝に遮られながら海に肉迫して、白い砂地に行く手を渡しているのだった。運動場と言っても人工の労が施されておらず、芝が速やかにその場を譲る赤土の円形の広場の端に、一本、二本と傾いだ松が侵入していた。

松林の中は午後の強い日差しを遮って涼しく、昼食後の仮眠の後、年齢別に二、三のグループに分けられた私たちは、聖書の話を聞くのだった。仮眠の後であるにもかかわらず、涼風の心地よさにともすると私はまどろむのだった。

やがて話が終わると子供たちはにわかに活発になるのだった。いったん教室に引っ込んで水着に着替えると、先を競って猛然と海に向かうのだった。

ずいぶん久しぶりの海だった。

松林を抜けて赤土を行くと、芝の生え際から傾斜して砂浜が始まり、そのまま額が削られたように広がっていった。中ごろから水を含んで土色に変化していた砂地は、その反射の滑らかさからガラスのような硬質を思わせたのを、歓声を上げて駆けて来た少年少女たちによって忽ちへこんで、裸足の痕跡だらけになった。

真っ先に進んでいった少年が片足を上げて悲鳴を上げた。白い砂地が海の底まで続くかと思われたのに、右手から迫る岩礁の底棚が岸辺一体にはびこっていた。それは黒い触手を縦横に広げ、悪意を以って私たちの水浴を阻んでいるようだった。泳ぎたくて矢も盾もたまらない少年たちは浮き袋を持ちながら海面を恨めしく見つめて迂回して行った。数十メートル先には岩礁も少なくなっているようだった。少年たちはそろそろと入っていった。やがて水しぶきが上がり、歓声が届いた。

病気以来ひどく臆病になっていた私はおそるおそる波打ち際に近づいた。小波が眼前で崩れて白い泡が足元に押し寄せてきて水浸しにしたかと思うと勢い尽きて逆流し、砂に指筋を引いて遠のくのだった。すると引き下がっていくのは私の両足であるかのように思われて、じっと見ていると昏倒しそうになるのだった。

私は怖れて芝の土手まで引き返して腰を下ろし、一緒にきた姉が行こうと誘うのも断って、かなたの子供たちの黒い頭が波間に見え隠れするのを眺めていた。

一人の大柄な女性の姿が目に入った。子供たちを見守るように砂浜に佇んでいた。大阪のバプテスト連盟から派遣されたO女史だった。大きな張りのある声で歌を歌い、力強く説教するO女史に私は畏れをなしていた。牧師や他の先生方は信仰について押し付けがましいことは一切言わなかったのに、この人はお会いして間もないうちに、私に洗礼を受けることを勧めてきた。神と神の子と人の契りについて信仰を告白し、その昔ヨルダン川の上流にて、聖ヨハネによって施されたように、水に死に、水から蘇ることを。

私は信仰とは別個に小さい時から享受してきたモダンな文化的な楽しみをそのまま教会から享受することはもはや出来ないことにおもむろに気づくのだった。私にどういう信仰があっただろう。学年を進級するごとに世界観は紛糾し、すべてにおいて懐疑的にならざるを得なかったのだ。

生命を生きることの漠たる不安は募るばかりであった。そして直截に言うと、神の概念もメシアたるキリストも理解しにくかった。小学校六年かかっても聖書の世界が覚えられなかった。おそらく私の精神の本拠地はむしろ別の所にあったのであろう。よしんばそれらの事柄と遠い絆を持っていたにせよ、その記憶のエッセンスは生活の中から徐々に学習されるものであったかも知れない。そして生活と彷徨の果ての経験から不死身の信仰が蘇るのかも知れなかった。教会は私の人生の発端において何かを明記させるために存在していたのかもしれない。私が陥るかも知れない罪の明記を？　それとも私に与えられた私だけの人生の目的の明記を？

そう言えばある日、O女史とS牧師の諍いの元となったS牧師の親交していた姓名判断の達人は、私と母を前に晴れやかに笑って、私に女難の相があることを高らかに告げた。ただ単に女性にモテて困ると言うのなら、素晴らしい未来が開けているかと思えたが、それが巧く行かなくて生活に色欲の淀みが湛えられると聞かされた母は首を傾げた。

太陽が背後の松林に低く傾ぎ、彼方の水平線上の雲に朱が混じっていた。大方の子供たちが陸に上がり、憩っていた。O女史は静かに海に近づくと、服を着たまま水の中に入っていった。黒いスカートがパラシュートのように空気を孕むのを両手で抑えて、泳ぐでもなし、そのまま水の中を歩いていった。

頭が水に浸かり、姿が海に没すると、私は恐怖に駆られて立ち上がった。ふわっとスカートが波間に黒く染まり、ついでブラウスの白が見えると、泳ぎの姿勢に入ったO女史の、息を吸うために出した顔が水を割った。岸に向かって数回、手を掻き分けた後、足が海底に届いたらしく、水圧に抗してゆったり歩いてくるのだった。水に濡れた白いブラウスを透けて見えるブラジャーの豊富な胸を手で覆って、海で生まれたビーナスのように恥じらいながら陸地に上がってくるのだった。

それはO女史が偉大なる海で、霊感をあらたかにする禊ぎのようであった。その都度生まれ変わる、繰り返される洗礼。

浜の砂をぬれた衣服からはたきながら、集まった私たちに照れくさそうに笑って言った。

「大阪の海と違うんでね。感動したの」

翌日、歌唱に始まる一連の朝の礼拝が終わると、昼食まで一時間の自由時間があった。子供たちは早速着替えて海に向かった。

初日目は午後着いたので、潮が満ち始めていたが、海岸を翌朝見ると、潮が引いて巌の突起がここかしこに浮上していた。

大方の少年たちは左手の、岩に阻まれない浴場に駆けていったが、女の子たちは巌の合間を歩き回って、貝や色鮮やかな丸石を拾っていた。

私も昨日と同様、その場に留まることを選んだ。

波は立たず、海面は低く、静かで、澄み切っていた。私は水の中に足を入れた。

冷たい水の感触が足元から心地よく伝わってきた。足を踏み出すたびに砂塵が立ったが、すぐに収まった。向こう側の岩を小さな赤い甲羅の蟹が横切っていった。遠くでは少年たちの立てる歓声と水しぶきが上がっていた。

私には水の中をそぞろ歩くのがせいぜいだった。泳ぎはまったく駄目だった。南国の少年でありながら、私からは南国らしさが剥奪されていた。真っ白の肌は太陽と海から拒絶されていた。そろそろと岩場を避けながら歩いて、水が膝の高さになると私はしゃがみ込んで肩まで水に浸かった。良い気持ちだった。おずおずとした海との親睦だった。

視界の左右に岸の松が見えていたが、海は目と鼻の先で私を取り囲み、まったくの均一な広りを空と競っていた。遠くへ行けば行くほど無限に広がる不思議な海と空。

私は顔を海面に近づけて鼻まで水に浸かり、目の位置をできるだけ海面の高さにした。すると随分沖のほうまで泳いできたような錯覚が生じ、私を有頂天にした。静かな海とは言え、こうして見ると海は揺れていた。こなたに波の隆起が盛り上がったかと思うと、彼方に移動して行った。波の呼応は無数にあった。太陽の光を我先に享受しようとして、海の表面で意思群がおちこちで跳び跳ねていた。光輝く動の海は、静の青空に拮抗していた。

水が跳ねて目に入った。塩がしみて痛かった。このことが自分が自然と戯れている臨場感を強くした。私は思い切り目を瞑って水の中に頭を入れた。たちまち耳が塞がれて私は別世界にいた。

軽いような重たいような世界。そしてその中で聴こえてくる小さな住人たちの無数のささやき。

ぱっと頭を上げると頭髪からくまなく水が滴りおちるのに満足するのだった。私は立ち上がった。すると相変わらず海面は膝の高さまでしかなく、私の誇りが傷ついた。

さらに歩を進めて、私の能力と私の誇りが親しく和解する場を求めた。足裏にさらりとする砂の感触がなくなり、岩の固く、また苔のくすぐるような感触が伝わってきた。

突然海が消えて空の青一色になり、それは半透明の世界に転じた。耳に低い音がして、あの滑らかな水が張り付いていた。気泡が鼻から出て浮かび上がった。

私は滑って転倒したのだった。私は海底で横たわっていた。

「僕は今、溺れている……」という自覚が生じた。

それはすぐに「死」の観念を想起させた。いつか劇画で見たことのある、海底に横たわるしゃれこうべの像がありありと浮かんだ。

私の死後のありさまだった。白骨になっていつまでもそこに横たわっているのだ。そしてその傍らで、私の魂は動きも出来ず、いつまでも白骨になった自分を見つめている。

私はそこで「死んで」いた。海と空の境を極めようとして、代わりに唐突に与えられた生と死の愉悦境。

出し抜けに前髪が荒々しく引っ張られて、頭が水面上に引き上げられた。

止まっていた呼吸が激しく再開されて、私は蘇った。髪を引っ張ったのは後ろで貝を拾っていた姉の幸子であった。

私は水を吐いて、ぜえぜえ空気を求めた。詰まった耳に幸子の声がした。

「急に姿が見えなくなったから、あわてて来たのよ。バカね。こんな所で溺れて」

立ち上がると、水はまだ膝小僧にも満たない高さだった。

私は幸子に連れられて松林の芝生に横になった。先生方が来て、大丈夫？　と覗きこんだが、水かさ三十センチほどの浅瀬での水難だと分かると皆、笑った。

「おバカちゃん」と姉が繰り返した。

「前髪が水面に浮かんでたよ」

お昼が過ぎて、気分のすぐれなかった私は姉に連れられて、一日早く他の子供たちと別れた。きび畑を歩いて車道に出、さらにしばらく歩いて停留所に辿り着き、与那原行きのバスに乗った。ただでさえ気分が悪いのに、車酔いが加わって冷や汗がしきりに出た。私は目を閉じて背中に回した姉の腕に頭を委ねていた。

次の停留所でバスが止まって数人の乗客が入ってきた。一人の絣の服を纏った婦人が姉と私のいる座席に「ごめんね」と言って腰を下ろしたとたん、

「あーっしぇ。あんし、サーダカさぬ（なんと感性高いことよ）」と弾かれたように腰を浮かせた。私はぼんやり目を上げて婦人を見た。

婦人は横目で私を見ながら、独り言ちていた。

幸子は私を引き寄せた。

思えばこの婦人はユタであったのだろうか。

《サーダカ生まれ》この言葉はその後、いったん忘れられて成人した時に息を吹き返した。すでに現代日本的な考え方、あるいは後にアメリカ的な考え方に染まった私には、琉球的な感性は見当たらなくなったが、この古代の言葉は唯一、この土地の過去と関わる自分の本質を物語る言葉として記憶されるようになった。その言葉には異教徒の響きがあり薄気味悪い一方、私を安堵させるものがあった。なぜなら、その言葉によってやっと私は、私を異次元へ招く洞窟への入り口を見つけることができたからだった。

落日

ゆくりなく父の死が近づいていた。私は中学校に上がろうとしていた。

小学校の最後の週、担任の先生が男子生徒に向かって長髪を切るように言った。

「どうせ春休みが終わったら丸坊主になって登校しないといけないのよ。今のうちに切っておきなさい」

皆は嘆声を上げてむずがった。いよいよ来るべきものが来たのだ。

長かった児童期への決別。不安な青春の門出。小学生と中学生の見かけの差は歴然としている。制服と頭だ。男子は黒い制服に丸刈り。そして女子は各中学校独自のセーラー服になる。

めいめいバラバラに自由だった服装が、私たちの理解の及ばぬ社会の配慮によって規制される。あたかも私たちに俄かに起こっている肉体的な変化が覆い隠され、目立たなくされるように。だが小さな変化が大きな変化に覆い隠されるのはおかしなことだ。やはり、規制されるべきものは肉体の変化に伴う私たちの精神なのであろうか。この年齢の精神は特別な管理を要するのだろうか。私たちは何か危険な年齢に足を踏み入れていた。

私は驚くほど素直に先生の言葉を実行した。素直な性格からではなく、むしろ強度の恐怖の持続から逃れるために。

父は私の丸刈りを感動して見た。

「そうか。ヒデオももう中学か。いつまでも子供じゃないんだね。良く似合うよ。お寺の小僧さんみたいだ。ついでにお寺に預けようかね。人生修行にちょうど良い」

机に向かっていた体を斜交いにこちらに向け、丹前の袖に両腕を通して、入れ歯を口の中で転がしながら、父はしみじみと私の頭を眺めた。

翌日、丸刈りになって登校したのは私一人であった。女子の失笑と男子の焦りの声を恥ずかしく聞いた。

首里中学校のある汀良町からは道路拡張に伴ってか、あるいは食料品店が増えたからか、埃に塗れたあのティシラジ・マチヤグヮーが消えていた。

中学に上がった私は剣道部に入った。廃部に近いこの部に入ったのは、夜な夜な家先の路地に現れて竹刀を振る隣家のS兄について、いっしょに竹刀を振ったのがきっかけだった。この鞍馬天狗は強くなりたいという私の願いに方向性と秩序を与えた。礼に始まり、礼に終わる日本の武士道は不思議に私に受け入れられた。私の内部で蓄積されていた世界観の混沌と、しだいに溢れる思春期のエネルギーはこのような秩序と規律に相反してもよい筈だったが、自分自身にも得体の知れない不安に脅かされるよりは、目に見える明確な秩序と規律に属するほうが楽だった。そのうちに強くなれるのである。

私は丸刈りの頭に学生帽を被り、黒ずくめの制服に身を固め、授業中にも姿勢を正すようにし、放課後は剣道着と袴に着替えて竹刀を振った。私は、自我の成長のしるしである、自分にも他人にもかっこよく見せる術を学んでいた。首里の三つの小学校から集まってきた少年少女たちがお互いを心地よく緊張させた。各授業ごとに先生方が代わるシステムも、各科目の個性を引き立たせ、先生方の好き嫌いはそのまま科目の好き嫌いになった。肉体も精神も環境も確実に変化していた。首里の東にある学校の、剣道部の稽古場として使っていたコンクリート二階建ての屋上から見渡す首里の町も、風情が異なっていた。世界は広がった。

そしてある疑問の氷解――。

休み時間に教室の隅で、「えっ」と級友が驚き、慌てたそぶりがした。ひょうきんなFが笑って、机に向かって本を読んでいる別の級友に近づき、そっと何かを見せると彼もまた、狼狽の色を隠せないのだった。

「何、何、ねえ何ね」私はFに呼びかけた。

私の興味を示した顔を見て、Fはやって来て一枚の写真を私の手にとらせた。白黒の写真であったが、まずあお向けになった若い女性の苦痛に似た表情が目に飛び込んだ。その他の白い部分は複数の裸体の膨らみであった。黒い部分はおおかた裸体の陥没した陰影だったが、中央の二つの黒は照り映える白さの真っ只中に墨つけられたように際立っていた。そして緊張した肉の棒が二つの黒い部分を結んでいた。

私はその人たちが何をしているのか理解できずにしばらく見つめていた。

「あっ」

やっと理解すると、猛烈な赤い羞恥心が顔面一杯に噴出し、心臓が大きく鼓動した。慌てて写真をFに押し返したが、その場面は生々しく脳裏に焼き付けられて、どこを向いても現出し、目のやり場がなかった。周りの女子生徒たちは男子生徒の怪しからぬ写真の回覧を察したのか、ことさらにうつむいていた。

Fは私の耳元でささやいた。

「フフ、こうして子供が生まれるんだよ」

私とて男女の交わりの事実を今まで知らぬはずはなかった。子供たちの間でもそれは語られたであろうし、映画で男女が抱き合い、崩れ落ちる場面も見ていた。しかし欲望の欠如から、それが想像を刺激して私の精神のエネルギーを攪拌することはなかった。ところが今では、私の中に芽生えていた官能は生々しい事実に痛烈に反応して、私を落ち着かせなくするのだった。

それはずっと以前から知っていたようであり、また新しく発見した事実のようでもある。なぜに男と女がいるのか考えずにいられないこともかってあった筈だ。それは深く追求されないままだったが、私たちに時たま起こる、素敵な異性と一緒にいたい、抱きしめたいという憧れがこのように帰結するとは存外だった。なるほど、男女の肉体構造の違いには目的があり、その目的達成のために機能的に結びつくのであって、単に精神的な微笑として異性が存在するのではなかった。

性の発見は二つの相反する感情を生んだ。一つは言いようのない腹立ちであり、一つは甘い、新たな期待感である。

子供が大人になることは、より立派な人間として完成されることだと私たちは教えられてきた筈だが、大人に近づくにつれ、新しい欲望が次々に湧き上がり、自我が翻弄されるということであれば、右の人間成長論はそのような簡単なものではない。日常生活に、満たされない欲求が活路を求めて浮上し、至る所に顔を出すのは大人のさがである。

この観点からすると教育とは奇妙な活動だった。教育の前提は原始人に近い状態である子供に、人間活動の蓄積である文化を内在した大人が施すことであるが、原始の混沌に漂っているのはむしろ大人であるのだから、大人は肥大した欲望とそれを包み隠す二重生活者であることを余儀なくされる不届き千万なペテン師である。

家に帰った私は夜、父母とともに食事をいただきながら、しらじらしく彼らを見たが、同時に一種の後ろめたさをも感じていた。その後ろめたさとは、大人に対する抗議とは裏腹に自分の中で性を肯う気持ちが大きく膨らんできたことに存していた。人生にどれほどの意義があるのか分からなかったが、性はそれだけで人生に大きな付加価値をつけるように思えた。生の真っ只中で、性は恐るべき力で私たちを魅惑し、生に対する忠誠を誓わすのだった。生の神秘は天上からではなく、マグマのように地下から噴出した。

「えーい。やあっ」

振り上げた竹刀の切っ先三寸が相手の面に打ち下ろされる。打撃の振動が小手先に伝わる。面を取られて一瞬呆けた相手は、気を取り直してめちゃくちゃに打って掛かる。竹刀を上下して軽くさばく。しょせん中学生の剣道だ。竹刀を振り回すだけの体力もなく、むしろ竹刀に振り回されている。相手が息せき切っているのを見計らって、もう一歩大きく踏み込んで、「めーん」と掛け声勇ましく面を取る。相手の小さな体が動揺する。

相手も痛いだろうが、踏み込む方もこのコンクリート校舎の屋上では床が跳躍の衝撃を吸収しないので足が痛い。つい最近、左足の豆がつぶれたばかりだ。夏は太陽に熱せられ、秋が深まると冷たくて足裏の熱を奪う。

「おおい。N、お願いします」

次の対戦相手は中学一年生にしては大きすぎる。私たちの剣道部は一年生が十名、三年生が一人いて、二年生がいない。私たちが入学したとき、剣道部が廃止されていたのを、顧問の先生を捜して復活させてもらった。すると以前、部員だった三年生が一人ぶらりと現れてキャプテンに納まった。部長のYは不良と目されていたが、こと剣道となると面目躍如たるものがあった。私は副キャプテンになった。近所の鞍馬天狗と夜な夜な振る三段打ちによって他の部員に比して格好が整っていたのである。

私に呼ばれたNは塀際からのっそり立ち上がって私と向かい合い、互いに礼を交わして蹲踞し、竹刀を交える。堂々とした体躯に面も胴も小手も小さく、無理して体に当てはめたように見える。すっくと立つと、背が高いので威圧されるが、袴がつんつるてんに短く、すでに毛深い脛が見えて、威風堂々とは言い難い。

「おりゃーっ」

「おりゃーっ」

互いに気合をかける。相手の竹刀が高いので私は小手を狙う。すると相手が動いて不分明に拳に当たる。続いて空いた面に突入するが、背が高いのでのけぞられると頭上に届かない。攻撃を仕損じたところで相手が「めーんっ」と打ってくるのを受け止めるが、膂力に押されて竹刀が弾き返される。

Nは丹念に大きく頭上まで振りかぶって又、「めーんっ」とやってくる。竹刀を斜めにして交わしても、相手の竹刀が重たくてバシッと叩かれた後、ぐうっと鍔先まで滑ってくる。

相手のモーションが大きいから、間隙を縫って攻撃に転じればよいが、青龍刀のような竹刀が万一、体に当たるのが怖いから、一閃一閃受け止めているとやがて竹刀を握る両手に汗がにじむ。

重たい相手の攻撃を受け止めるのが嫌になると知恵が働いた。タイミングをずらせば良いのである。相手が大きく面を打ってくるのと同時に竹刀を振りかぶりながら、やや後ろに大きくジャンプし、相手の攻撃をすれすれに空振りさせ、真っ向から相手の頭上に竹刀を落下させるのだ。ぼくんと派手な音を立てて勝負はあった。頑丈なNではあるが、かわいそうなほど大きな音であった。

「ハイ、今日はそれまで。せいれーっつ」

塀際に並んでいた部員たちは中央に集まって正座する。紐をはずし、面を取ると汗ばんだ耳元やうなじに秋風が冷たく触れていく。

「黙想ーっ」

いわし雲が棚引く暗くなった空の下で、豆剣士たちのイガグリ頭が十個ほど並んで、目が閉じられ、両手が丹田に組まれる。

カラスの鳴き声が遠くに聞こえ、心ははや夕餉の食卓へと赴いているのかもしれなかった。

家に帰ると父は早々と床についていた。

「ただいま」と言って部屋に行き、カバンを開けると何か言われる前に勉強にとりかかるのだった。

「はあい、食事ができたよ」と母に促されて父は目を覚まし、私も台所に向かった。

「最近疲れやすくてね。医者に診てもらったが、少し腎臓が悪いらしい」

父の顔には無精ひげに白ごまが混じっていた。

「ご無理のないようにね。選挙のお誘いはお断りしたら？」と母が言った。

「今となってはそうもいかんだろう。教育界の方々や町内会も応援して下さっているんだ。ご好意を無にはできん。ところで尚子から手紙が来ていたようだけど、どこに行ったかな」

「はい、ここにあります。でも食事を召し上がってから読んでね。良夫も無事大学に入ったし、幸子もバレエ学校でがんばってるわ」

「尚子は、こちらから送った缶詰を売って歩いているんだって？」

「そうよ。アメリカのポークランチョンミートとかコーンビーフなどは東京では重宝するんだって。ピアノを教えるだけでは足りないのね」

「尚子には世話になるなー。あとはヒデオだけだね。ヒデオが大学に入るまでは、お父ちゃんもがんばらねば」

父の視線が私に向けられて、私は大慌てでご飯をかきこむ。

「何になるんだろうね。この子は」首を傾げて母が言う。

「今の成績じゃ何にもならないだろうが、いずれにせよ中学に上がって元気になっただけでも助かるよ。これからがんばれば勉強の遅れは取り戻せるだろう。私が心配するほどでもないようだ」

父はそう言って、粥を流し込んだ。

教育界や町内会に押されて、とある選挙に出馬した父にとってタイミングはかなり悪かった。腎臓が思いのほか悪化していたのである。疲労がすぐに現れて、選挙戦もままならなかった。通りでは選挙カーが父の名前を連呼していた。龍潭に近い発音の父の名前を友人たちが真似て揶揄した。

結果は否と出た。

選挙が終わって人が離れ、我が家は静かになった。学校から帰った私は締め切った父の部屋の障子を不用意に開けた。父は机に両肘を突いて、両手で目を被っていた。父の動揺とともに、私は何か見てはならないものを見た気がした。

その後、父は長い病床についた。

そうして年が過ぎた。

新しい年は再生日本を象徴する東京オリンピックのある年だった。私も変わりつつあった。私たちの学級には不良少年が多く、苛められたり、金を巻き上げられたり、相変わらず嫌な思いをしていたが、剣道に励むようになって少しは自分に自信が持てるようになっていた。戦闘能力がついたわけではないにしても、相手を攻撃するときのあの快感を彼ら不良少年たちと分かち合えるようになっていた。学校は激しい弱肉強食の社会の縮図であって、私たち弱者の間でもそれに対応する器量が少しずつ養われるのであった。

そのような自信の芽生えと同時に、何かしらその時期に特有の、子供から脱皮して青春を迎える時期の、言おうかたない胸のときめきがあった。今まで気にしていたことが気にならなくなって、関心が別の方向へ赴くこと、今まで見えなかったものが見えてきて、何か新しいことが起こる予感のむずがゆい慄きがあった。

そして一方では、人生の活動期を過ぎた父の人生の回顧が始まっていた。歩きながらも顎を引き、広いひたいを突き出して思索に耽りがちだった父は今、病床にあって大きな目を天井に向けて瞬きだにせず、何か別のものを凝視していた。それは思索というよりも、人生の一こま一こまが浮かび上がってくるのを見、やがて巨大な歯車がゆっくりと逆回転するように思い出が流れるのに身を任せているようだった。

明治、大正、昭和と、この小さな島でも風俗、風景、物質、そしてモノの考え方にさぞかし大きな変化があったであろう。昔なら数百年かかったであろう変化を、世界史のどういういたずらによるのか、この時代はめまぐるしく体験してしまった。

世の中は大和世からアメリカ世に移行してしまった。彼の信頼するものが戦争で大きく崩壊した後、新しい価値体系の模索と教育による地元への貢献が彼の人生のプリンシプルであるはずだった。その実践の足跡が今、静かに回顧されていた。

「エー、ヒデオチマー（来い）」

二階校舎の屋上の踊り場に陣取った彼らが呼ぶ。

この校舎屋上は私たち剣道部のほかに二つのグループによって共有されている。空手部と不良グループである。空手部は隔日の練習日が剣道部と異なり、共に屋上を使用することがなかったが、試合の前など練習日が重なるときは向こう端を練習場とした。そのイメージによらず部員は優しくおとなしかった。

不良グループには城西小学校から上がった者のほか、城南、城北から上がった少年たちがいたが、部長のYが城北からあがった不良少年であったため、城西以外から上がった不良たちからも守られていた。とはいえ、仁義は切らねばならぬ。Yに紹介されて彼らに頭を下げた。これで剣道部の活動が彼らに邪魔されることはなかった。Yは練習には来たり来なかったりだったので、私が代わりに皆をまとめていたのだが、最近は第一回の校内剣道大会が催されるというので、張り切って練習に参加していた。Yの剣は切っ先が鋭く、くるっくるっと回った。私が飛び込むとたいてい小手を取られていた。しかし困るのは彼の喫煙癖である。練習の合間、合間に袴をからげて、隅で冷やかしている仲間のところに行き、タバコをふかした。

私は呼ばれて彼らのもとへ行った。呼んだのはYではなくて他のメンバーであったが、円陣の真中にいたのは親分格の亀吉である。この屋上にもめったに現れず、本当のヤクザとの肉弾戦で一歩も引けを取らぬという亀吉の出現に戦々恐々とした。

長身で校規に反して伸ばした髪が額を覆い、奥から透かし見る目はやや神経質な感じすらした。

「イヤー、剣道うまさっサーヤー」と亀吉は言った。

「ああ、どうも」

「ウヒグヮー、ユクレー」と亀吉はタバコを差し出した。断るわけにはいかなかった。おそるおそるタバコを取ると、隣りの少年が火をつけてくれた。私は煙を喉から通せなくて口でくゆらせてから鼻から通すのがせいぜいであったが、一瞬気圧で鼻が膨らむようだった。周りは笑っていたが、Yは気にするように私を見ていた。

亀吉は上機嫌だった。

「イッタームヌヤ、ワラビヌアシビルヤル（お前たちのは子供の遊びだ）」

本物の刀は凄い。握ると手にずっしりと重く、刃は氷のように冷たく、相手の体内に一旦入ると何の抵抗もなくするするとのめりこむと亀吉は言った。皆は、恐れ入って亀吉の話を聞いていた。

「ただいま」と家に入ると「ヒデオ、ヒデオ」と父が呼ぶ。

行くと、床に座った父は寝起きの間を少しさすらって言った。

「ヒデオ、お父ちゃんは夢を見ていた。お父ちゃんが子供の頃だ。ちょうどヒデオの年頃のようだった。お父ちゃんは川で泳いでいた。大きな川だ。そんなに大きな川がお父ちゃんの住んでいたところにあったわけではないが、とにかく大きな川だ。その大きな川をお父ちゃんは若鮎のようにすいすい泳いでいた。すると向こうから大きな船がやってきた。木肌の帆船だ。それが無数の白い旗を掲げている。お父ちゃんは手を振った。ところが、鎧甲冑に身を固めた武士が大勢いて、弓を番えて矢を射てきた。矢はお父ちゃんの体を掠めて水中を通過していった。お父ちゃんは慌てて逃げた。フト気がつくと、お父ちゃんも鎧を着ていた。しかも赤い旗を背に翻して。やがて鎧はお父ちゃんの体に食い込んで苦しくなった。体全体が鉛のように重たくなって、繰り出す手足も自分のものかと思われるほどだった。

そのうちに水の色が澄明な乳白色に変わっていた。強い日差しが水を貫き、一種の透明感を醸しているんだよ。鮮やかな黄色や青色の熱帯魚が回りを泳いでいた。水底に白い砂地が見えて、それはしだいに盛り上がって水を切った。

お父ちゃんは白い砂浜に打ち上げられて、頭にだけ葉の繁る南方の樹木を見たけれど、疲れで身動きもできなかった。しかし、右手にはしっかりと何かしら遠方の麗しい植物の種を握っていたのだ」

私は妙な感慨を以って父の言うことを聞いた。それは父の語る夢に感ずるところがあったからではなかった。父の私に対する語り口が普段と違っていたのだ。父がこのように熱っぽく、不思議な夢を私に話したことはなかった。あたかも同世代の友人に語りかけるように。

「こんばんは」と表で声がした。台所にいた母が取り次ぎに出た。

S牧師だった。父が寝込むようになってから、S牧師はよく見舞いに来られた。母は父の寝間着の胸を整えて、牧師を招きいれた。

「こんばんは、あ、ヒデオ君。こんばんは。いかがですか。ご容態は」

「はい、今日は少し良いようですな。この前はテルミーをかけていただいてありがとうございます。その晩はよく眠れましてな。すっきりしました」

母がお盆に茶とミカンを乗せてきた。二人は茶を飲み、ミカンの皮を剥いた。時間をかけてミカンの白い筋を取ると、二人は珠玉のつややかさを湛えたミカンをおいしそうに食べた。

二人はしばらくよもやま話をしていたが、やがて牧師は根本的な用件に入った。

牧師は説いた。人の本質は肉体ではなく、魂である。人生は短いが魂は永遠である。魂は我々の存在の根源である神の属性であり、その意味において我々は神の子である。神は我々を祝福したまい、我々に自主性を与えたが、いかんせん、自主性を与えられた人間は、目先の事象に目を奪われて、親である神を忘れてしまった。その結果、肥大した自我や欲望が集大成された強烈な魂の磁場を作り上げてしまった。

これがサタンである。サタンの力は暗雲のように空を覆い、人間を天から切り離した。人々の生活は地上に、あるいは地下に閉じ込められてしまった。

これを見て、神は自らの分身であるイエスをこの世に贈った。今、イエスを通して我々は神との親和を図ることができる。イエスを見上げるときにご自分の前に自我を超えたご自分が開け、ご自分の存在がこの世の存在に限られるものではないことを悟られるであろう。

「魂は死を超えるのです……」それから牧師は聖書を読み、ある個所を読んだ。

読んでいる間、私の頭は緊迫感でしびれるようであった。ひとたび聖書の物語になると、その時代性からか、すぐに私の頭は空転し、茫漠たる荒野に向かうのだったが、牧師の話に何かが触発されていた。

人の魂は永遠であると語られた。とすると、人間が死んだ後でも意識はあり、それはどこかで生活しつづける？　ということはどういうことか。意識は事象を知覚することがその機能だが、この世を離れて何を知覚するのか。回りの事象は我々の意識を離れて存在するのに、意識は何もない所へ事象を引きずっていく？夢を見るように？

牧師の説諭は明らかに人生の終わりを意識する父に語られたものだったが、側で聞いていて、私の若さはそれ以上、人生の彼岸に思いを致すことはなかった。

むしろ人生の発端が気になるのだった。もはや男女の営みによって命が誕生することは明らかであったが、それは俄かにひこばえていた私の官能を刺激しこそすれ、何か陰気で、とても命の尊厳さを裏付けるものではなかった。性から生まれた生命は下の産物であり、天上と関係あるようではなかった。生命は生物の繁殖原理にかなっていた。しかるにこの場合、初めて聞くわけではないが、牧師は魂の永遠を説いた。ということは、生まれる前から人間のエッセンスは続いているということだ。すると私は生まれる前はどこにいたのか。そしてその前は？

私は父の生化学的な一粒の種であったのだが、それは、私と父が何か人格的に繋がっていたということなのだろうか。私は思いあぐねてしまった。これ以上の考えは拒否されて、何か不透明な、世界の矛盾に不愉快になるのだった。

父はといえば、目を瞑って牧師の言うことを聞いていた。父の愛していた日本の神話や仏教など、彼の人生に否定すべきことが果たしてあったのだろうか。

二月に入ってミーニシもかなり厳しさを増してくると、新調の学生服の襟首まで風を通さぬ作りがありがたかった。剣道大会のその日も風が強かった。

放課後、私たち剣道部は運動場に面する、マットや跳び箱を保管している倉庫で剣道着に着替えて運動場に出た。外はミーニシに洗われて、雲ひとつない良い天気で、熱を感じさせない太陽で輝いていたが、眩しさに目を細めたのはそのためばかりではない。剣道着姿に幾多の視線を浴びたからである。嬉しくもあり、恥ずかしくもある気持ちが私の視線を落とした。

剣道部以外の出場選手は各クラスから選ばれていた。彼らは剣道着の上着や袴が行き渡らず、白いトレーニングウェアを着ていた。今から考えるとずい分いいかげんな話だが、彼らが竹刀を握ったのは試合の数日前に合同で練習した時が始めてである。勝てないはずがなかった。

ウォーミングアップが始まった。全選手が集合して素振りの隊形に広がると、白いトレパンの各クラス代表選手の中で、黒い剣道着姿の選手がやけに目立った。基本的なルールを即興で習得した多くの選手はスポーツマンとしてのカンと幼いころのチャンバラごっこの記憶を組み合わせて竹刀を握っていた。だが油断は禁物だ。中には卓抜の運動神経にモノを言わせて、格好はともかく相手の面、胴、小手に巧くミートさせ得る選手もいるかもしれない。それに上級生の中には剣道部を退部した経験のある選手だっているのである。

やがて少ない防具を回して、四組づつ試合が始まった。運動場の隅の各コーナーで、始めのベルに続いて剣戟の響きが鳴り渡った。まったく素人同士の試合（これがおおかただったが）は泥試合だった。少しでも経験のある者は、たちまち勝ち名乗りを上げた。わりと早いテンポで試合が進んでいた。

私の初戦と二回戦の対戦相手はまったくの素人であったので、勝ち星を上げるのに何らの労もなかった。気合を入れて踏み込むと、私の剣は防御されることなく、打ち込みの練習そのままに相手の面を打っていた。ほんのちょっとの知識で、何も知らない者を愚弄する快感。女生徒の拍手に迎えられながら、私の心は浮ついていた。

調子に乗った私は三回戦が始まると、いきなり相手の面を打ちにかかったが見事に切り返されて、私の面が危ういところをかろうじてのけぞり、標的から外した。

白いトレパン姿なので油断したが、剣道部の先輩なのである。相手は続けて小手、面、胴と模範的な攻撃を仕掛けてくる。相手の攻撃が止むとこちらの攻撃を繰り出す。交互に打ち合うが双方共に機を見るに敏でない。疲れてしばらくじっとしていると、相手の動きが機械的に前後に揺れているのがわかる。先輩といえども、そう長く部に在籍していなかったのだろう。巧い人の竹刀は緩急自在に伸びる。この人の動きはリズムに律され、そのリズムの一定の振幅の中で正確に防御し、正確に攻撃する。同じリズムで攻防を繰り返していてはらちがあかぬ。リズムは壊さねばならぬ。

さらに竹刀を交えるうちに目標が立つ。つまり、相手が攻撃してくるのを防がず、こちらも攻撃すること。やがて好機到来。端正に振りかぶられた彼の竹刀が私の面に向かって伸びてくる。斜めに体を捌きながら、私の竹刀は面を防ぐが如くに小円を描いて一挙に相手の胴へ。パチンと小気味よい音が鳴ると、審判の手が高々と上がった。

回りの拍手が、面の厚い生地越しに私の耳に伝わってくる。

「そうだ。この要領。この要領」

一本を先取した私は余裕ができ、相手の攻撃に合わせる捨て身の攻撃で、小手を取り、二本目も制した。

第四試合の対戦相手は馴染みの剣道部員で、攻防を繰り返すうちに難なく二本取った。

さて第五試合は優勝戦である。相手は部長のYだ。互いに蹲踞して竹刀を構える。

立ち上がると、音もなくYの切っ先が顔面に伸びてきて、つられて私の竹刀が上がるや否や、小手に鈍い痛みが走って、審判の腕が上がった。

狼狽を抑える間もなく、二本目が始まり、私は慎重に間合いを取る。Yの竹刀の切っ先が生き物のように小さくくるっくるっと回ってにじり寄る。踏み込もうと思うが、どうしても大きな動きが取れないために、中途半端な姿勢になって体が停止する。そのたびに回転するYの竹刀が攻撃態勢を整えたハブの鎌首のようにピタッと止まって息を殺す。

私は姿勢を直して下がる。Yがにじり寄る。するうちにYの踏み込みが始まる。竹刀を交差させつつ、すっと眼前に切っ先を突きつける。これだ、次の瞬間、半円を描いて小手にも来るし、面にも来る、あるいは胴に回るかもしれない厄介な代物は。

私はYの竹刀を弾いて、一瞬空いた面を狙う。Yはひょいと首を傾いで、肩で受けると同時に両手は伸びて、竹刀を私の横面に送っている。だが姿勢が悪いので審判は取らない。

私は再度Yの面を追いかける。Yは仰け反り、私の切っ先はYの顔面の金具に当たる。次の一瞬の空白に審判の手がさっと上がる。我に帰ると、小手先にじんとした痛みを又しても感じてい

た。

Ｙの面を打つべく伸びきった右小手をＹは正確に捉えていたのである。この瞬発力。敵の目の埒外で確実に敵に近づき、盲点に鋭く食らいつく野獣の精密な動き。行儀よい生活からは決して出ない敏捷な動き。

竹刀を納めてきびすを返すと、級友たちが「ヒデオ、残念だったね」と拍手をしながら労わってくれる。相手が上級生であることから、優勝への浮ついた気持ちはすぐに吹っ切れて、経験の不足に十分に納得するのだった。

面を取ると、外界の冷気がたちまち噴出した汗粒の温度を奪った。汗粒を邪険に手ぬぐいで拭うと、顔が冷気にじかに当たって、一皮剥けたように紅潮するのだった。

大会の結果は二位であったが、私は幸福だった。私があれほどいやだった自分が、私の希望するところへ添ってきたのだ。私は自分と和解し、自分と一体になって人生を歩み始めたのだ。私は自分と手を取り合って下校した。

玄関を開けると、すぐに父が私を呼ぶ声がした。玄関の脇にある自分の部屋にかばんを放ると、廊下の障子を開けて父の部屋に入った。

「ヒデオ、今日は遅かったね。どうした」

父は最近、とみに人恋しくなって、私の帰りを待ちわびていた。父は私を側に置いておきたかったのだが、私は父と長く居ることが苦痛だった。誰でもが経験する思春期の親離れの冷淡さを私は父に放ち始めていた。

しかし今日は、父に報告することがある。

「今日は剣道大会があった。僕は二位になった」これだけ言って、私は父に墨の光沢がまだ鮮やかな賞状を手渡した。

『南城秀夫殿、貴君は第一回校内剣道大会にて第二位の成績を収めましたので、これを賞します。
昭和〇〇年〇月〇日
那覇市立首里中等学校校長　〇〇〇〇』

「へぇーっ。そうか。ヒデオが二位か。何名いたの？」

「三十名あまりもいたんだよ。一年生から三年生までみんな一緒だよ」私は早口で説明した。

「へぇーっ。そうか。二、三年生も合わせて二位か。ヒデオもチュウバー（強く）になったねえ」

父にとって私の凱旋は感慨ひとしおであった。あたかも老いた武将の病弱の子をお寺にでも預けようかと思案していた矢先、気まぐれで行かせた初陣の思いがけない勝利のように。生命力が一つの固体から次の固体へ継続する、あの感激をもって、父は一晩中、同じことを繰り返して言った。

「そうか、ヒデオもそんなに強くなったか。じゃあ、お父ちゃんも安心だね」

しかし、父はその晩、夢を見た。父が翌日、私に語った夢の内容はこうである。

……そこはローマのコロセウムだった。真夏のことで、燦々とした太陽の紫外線が場内の黄色い粉塵を不透明に貫いていた。異国の巨大な石の造りが、人間文明の途方もない労力とでも言うものを思い出させた。

見上げると上質の布をまとった観衆が興奮してどよめいていた。その時、気づいたのだが、画面がどこを向いても長方形なのはヘルメットを被っているからだった。それは現実感を増した。鉄の重みが頭のみならず、肩、胴、手足と広がっていった。とりわけ左手には盾の、右手には刀の重みがずっしりと感じられた。刀の長さは五十センチほどしかなく、刃も鈍く太いのだ。

するうちに一人の男の甲冑が、鈍く日の光を反射して、父に対峙していた。

暑さのために陽炎が立ち、その男の足元も見えないくらいだった。卵型のヘルメットとサンバイザーにその男の顔はすっかり被われていた。銅板も怒った肩当ても、卵型の盾も太刀もすべて銀色に光り、この暑さの中で精巧な機械の冷たさを思わせた。

男は近づくと、大きくモーションをかけて父に刀を振り下ろした。盾で受けると、鉄と鉄の衝突が神経質な甲高い響きを上げた。父は夢中になって応酬した。舞い上がる粉塵に塗れた鉄と鉄との凄まじい応酬。

しだいに父の手が疲れてきた。受け止める盾も衝撃を防ぐことが出来ずに、手の痺れをきたしていた。力一杯振るう刀も、相手の盾にあっては刃こぼれするばかりだった。やがて掲げる左手の盾が耐え切れなくなって下がると、相手の剣の切っ先が顔面すれすれに飛んでくる。

激しい衝撃を感ずると、父は地に倒れていた。それでも相手は攻撃を止めなかった。かろうじて盾で防いでいる体に思い切り、鉄の打撃を与えつづけるのだった。父は恐怖を味わった。

高らかにラッパの音が鳴った。遥か上席で、皇帝の白い長袖が翻った。試合は終了した……。

「相手の戦士は試合が終わってヘルメットを脱いだ。するとそれは誰だったと思う？」父は言った。

「ヒデオ、お前だったのだよ」

その後、父の病状は急変した。東京から姉たちが駆けつけた。兄は試験があって遅れた。

一週間程持ち堪えた父は病床で、「あ、良夫が帰って来る」と突然言い、うわごとかと思われたが、玄関がガラガラと開いて「ただいま」と兄が顔を出した。兄は東京の貧乏生活でやせこけて、何か落ち着かないようだった。その夕方、父の呼吸が止まった。医師が呼ばれた。その間、兄が懸命に父の胸を手で押して、人工呼吸を施した。一時間ほども経つと、医師が、「もう良いのでは」と促した。兄の手が離れると、白くなった父は微動だにしなくなった。

「ご臨終です」医師が言い、正座していた枕元の母は少しうろたえたように腰を浮かし、両手を畳に着いて中空を見るように裾の広がったパーマを左右にゆっくり揺らした後、片手を伸ばして父の額に手を置いた。母のよく知っている生活が今終わって、母は子供たちを抱えた今後の谷間の暗さに目を凝らしていた。

やがて寝室に通されたS牧師が祈りを捧げた。「主よ、あなたの御心が分かりかねます。広大な御計画が万全なものでありますように」

姉たちは目蓋を真っ赤にしていた。悲しみを表すことの不得手な母は、張り詰めた表情で、「御許へいけますように」と祈った。

廊下に立つお手伝いの朝子姉さんが、「ヒデオちゃんはまだ子供でかわいそうね」と言うのを聞いた。私はずっとひざまずいていたので、足がしびれてしまっていた。立とうと思ったが、膝を伸ばせずにだるまのようになって、一旦持ち上げた両足が派手な音で畳を叩いて元に戻った。

「ヒデオよ」と次女の幸子がたしなめた。

しびれて動けないまま、私は父がこの世のあらゆる矛盾を超えた真実に向かって階段を上っていくさまを脳裏に描いていた。寝間着は正されて羽織姿になり、かと思えばいつもの白い背広を着用してパナマ帽をかざし、きちっと仕事をこなした人のようにしっかりした足取りで一歩一歩上がっていった。障子を開け放った隣りの部屋では、半身不随の三番目の姉、みどりがやはり幻の、階段を上っていく父を見ているのか、「ハイチャー、ハイチャー」とのどやかに父を呼んでいた。

著者　プロフィール

南城　秀夫（なんじょう　ひでお）

昭和 25 年　那覇市首里生まれ

昭和 49 年　エルカミーノ大学教養学部修了

昭和 53 年　コロンビア大学社会学部終了

平成 3 年　オクラホマ大学行政学部修士課程修了

平成 14 年　オクラホマ大学経済学部修士課程修了

英語教師、専門商社アメリカ代表などを経て、現在、国際協力関係に従事

著書に『リュウキュウ青年のアイビー留学記』（文芸社）。

リュウキュウの少年　龍潭のほとりで

第一刷発行日　二〇〇七年十月一日

著　者　南城　秀夫

発行者　宮城　正勝

発行所　㈲ボーダーインク

沖縄県那覇市与儀二二六の三

tel 098-835-2777

印刷所　株式会社 近代美術

 ISBN978-4-89982-129-8